惑星

片山令子

港の人

惑星　目次

I　石

II　リボン

詩

III　音

IV　ひとり

V　ひかり

装画「夜と百合」／各章扉画　片山健

I

石

惑星

古い写真。まっすぐ前を見ている男の子か女の子かわからない生まれたばかりのわたし。産毛をきれいにそられて、くりくりの頭をしている。

子供時代のことは時々人から聞いたが意外に生まれて間もない頃のことはあまり聞いていなかった。つい最近それを聞いた。

わたしの子供時代と弟の子供、二代にわたって世話になったお手伝いさんがいる。家に来たのは、彼女がまだ少女の頃だったそうだが、その人が、最近こんな話をしてくれた。

「楽だったんだ。泣かないからぜんぜん手がかからなかった。何かみつけて来て、ひとりで黙って遊んでるんだもの」

涙がぽろぽろこぼれて止まらない時、いったい涙ってどこからこんなに出て来るのだろうと思うことがある。そんな時、きっと小さい頃から泣き虫だったんだろうなと思っていた。でも、そうではないことがわかったのだ。

本来持っているわたしの質、原形は、もしかしたらこんな乾いた感じなのかもしれないと思い、聞いたその日から、あたらしいわたしがはじめからやり直される感じがした。

だんだん原形にもどっていくような気がしたのだ。

大人がたくさんいる家だった。まん中にやっと生まれて来てくれた子供がいて、まわりには太陽を囲むように大人の惑星がいて、その子を見ながらそれぞれの仕事をしていた。

それぞれひとりひとりが、くっつき過ぎないという引力を持って、まわっていてくれる幾つかの人の惑星を持つ、独立した太陽であること。

こんがらかってしまったら落ちついて思い出そう。静かな、天体としてのわたしを。

十力の金剛石

何かをもっとよく知るためには、一度何かから遠く離れてみる必要があるようだ。飛行機に乗って、はじめて地上をみおろしたとき、これは生きているものだ、と思った。北回りの航路の真ん中あたりにさしかかるとそこは、ただなだらかに広がる地表と、まるで感情をもっているように流れている川だけしか見えなくなる。川はまるでひとの血管のようだった。

イギリスを飛び立ってから、ずっと地上をみおろし続けるわたしに、隣に座っていたスコットランド人の地質学者はいった。

「あなたの血……。わかりますか？　この血の赤い色は、宇宙から地球におちてきた、隕石にふくまれていた鉄の赤なんです」

一度離れることで、あたらしく結ばれること。隕石と赤い血が、川の流れと血管が思いもしなかった方法で結ばれること。

『十力の金剛石』で［編集注：宮沢］賢治が書いたことも、こんなことだったのではないだろうか。賢治は彼の感受性という飛行機に乗って、「ポシャポシャ霧の降っている」日常の有機生命領域を離れて、ルビーや、トパァズの雨が降る、鉱物界へと飛び立っていく。彼が飛行機に乗せたのは、宝石をさがして野原にかけてきた王子と大臣の息子の少年だ。ふだんの見慣れている、ポシャポシャ霧の降る日常から、ツァリン、ツァリルリン、と音がする眩しい鉱物界へ入り込んだ王子は、

「ね、このりんだうの花はお父さんの所の一等のコップよりも美しいんだね。トパァズが一杯に盛ってあるよ」

と驚く。なにしろりんどうは天河石《アマゾンストン》で刻まれていて、その葉は緑色の硅孔雀石《クリソコラ》でできているのだから。そのまわりも、

「黄色な草穂《くさぼ》はかゞやく猫睛石《キャツツアイ》、いちめんのうめばちさうの花びらはかすかな虹を含む乳色の蛋《たん》白石《ぱくせき》……」

と、どこもかしこも、うっとりするような宝石で埋めつくされている。

だが王子は、宝石のたてる明るい音のなかに「さびし」「かなし」と歌う声がまざっているのに気がつくのだ。

「ね、お前たちは何がそんなにかなしいの？」

と王子が聞くと、宝石の草花は十力の金剛石がまだ来ない、と答える。十力の金剛石とはなんだろう。こんなにきれいな宝石たちよりもっと素晴らしいものとは。わたしは、王子といっしょになって考えだしていた。そして宝石の草花はいう。

「その十力《じふりき》の金剛石は春のかぜよりやはらかく、ある時は円くある時は卵がたで、霧より小さなつぶにもなれば、そらとつちとをうづめもします」

十力の金剛石はまた、木や草のからだの中で月光いろにふるえたりするという。そしてそれはついにやってくる。十力の金剛石とは、露のことだった。露だけではなく涙でもあり、丘や野原でもあった。十力の金剛石とは水のことだったのだ。ここまで読んだ時、忘れられていたわたしの中の水が、細胞ひとつひとつをぷるっとふるわせ、眩しくひかったような気がした。水は波立ち流れだし、まぶたの岸にぶつかり、露になってまつ毛の先から外にこぼれだしてきた。

十力の金剛石、露をいっぱいにあびた石の草花は、柔らかいみどりの草に変り、王子と少年とわたしは、賢治の飛行機に乗ってまた鉱物界から有機生命領域にもどってくる。だがそこはもう、もとのところではない。そして、青いかぎで足にからみついてくるさるとりいばらを、剣でばらんと切っていた王子は物語のおわりで、かがんでしずかにその青いかぎをはずしてやる少年に変っている。

飛行機のなかで隕石の話をきいた時、このからだが、空の中に浮かんだ赤い血の色の、透きとおる鉱物のように感じられた。飛行機は水平から斜めにかたむき、わたしは、隕石がはじめて地球に落ちてきたときの姿勢で、露でいっぱいの六月の日本に降りていった。

水晶

結晶と光沢と粗面を持った鉱物たち。それが小函に入れられて机から机へ回覧される時、少年だった彼は、いち早く接吻しないではいられなかったという。〔編集注：稲垣〕足穂はそんな少年だった。

わたしは想像する。上唇のＭの形と、下唇のＵの形。その温かい人の稜線が、素早く冷たい鉱物結晶の稜線に触れる、その一瞬を。「水晶物語」を読んでいると、何度も微笑《わら》いを誘われる。謡《うた》いを唸る父親の膝の間に挟まれて青空をながめ、長石のことを考える。学校の鉱物標本にそっくりのものを作ろうと奔走し、タイトルにぴったりの活字を得る為に、紙を丸く打ちぬく真鍮の道具まで作らせる。そんな子ども。また、そうさせてくれる家庭の中で、足穂がいかに知的な活力に富む子どもに育っていったかがわかる。

こんな少年が成人し、そして親しい友人がこの世から立ち去るところに立ち合うことになった。水晶ときいて、すぐこの作品を思った、「幼きイエズスの春に」だ。そこには、哲学、科学、宗教学、あらゆる学問と、あの独特のダンディズムをもみんな後ろへ置いて、身ひとつで立っている足穂がいた。

季節は冬。クリスマスを間にして、春までの何カ月かが、日記の形で語られていく。俗世に出ていった青年の足穂は、薄い一重《ひとえ》の着物に下駄ばき、というい で立ちで暮していた。木曜日ごとにキリスト教の教義を聴きに集う仲間の、その周辺にいたひとりがHだった。「Hよ！」で始まる、長い哀切きわまりない語りかけには、他のどの作品にもない透明感がある。

「水晶物語」では、鉱物たちが、「人間という奴は一分くらいしか生きられないくせに……」と言うところがある。ほんとうに！

でも、そのはかなさが、それゆえに結晶化していく様子を、わたしは「幼きイエズスの春に」の中に見るのだ。

水晶とは掬っても掬っても指の間から零れていく水というはかなさが、きらきらと硬く永遠の形に結ばれたもの、という意味なのだから。

少し前にそこにいた人が、ちょっと目を離したすきに、きえてしまう。これはいったい、どういうことなのだろうか。と、ふらふら考えていると、彼はふたたびダンディズムを纏って、それよりも問題なのは、「いつから此処に居るのか」なのだ、と言ってくる。

足穂のダンディズムには、少年時代の知的快活さと幸福感がいつも向うに透けて見える。「器用やなあ！」と、そっくりに作った鉱石標本を見たクラスのみんなと先生を感嘆させる少年は、もうその時、まわりの者を驚かせ歓ばせる才能に気づいていた。そして一生それを続け、言葉という分子を使い、文学という結晶にして、気前よくわたしたちに見せてくれた。「俗人論」にあるように、足穂はすなわち、「人間性における宝石族」だったのだ。

六つの石の音

この、
同じ時に
いきていた
しるしに
この、
石の花をあげよう。

濁った

灰色の
瑪瑙の宇宙は、
気味悪く
静かだった。

そこに
石の粉がふり、
そのまわりを
よあけの色とかたちに
にぎやかに
囲んでいった。

いまも、

石の粉が
結ばれてゆく
音がする。

この時が
去っていって、
わたしたちが
土に埋まる
骨の星屑に
かわる時。

きくだろう
その音、

きこえにくかった
その音を。
はっきりと。

胸が開き、
乾いたまっ赤な花粉を吹き
すぐに閉じる。
まばたきの間に。
見たものは誰もいない。

この今の時、
結ばれないものを
見続けなければならない時。

今、
土の中に
もう
いる時のように、
石の粉と
石の粉が
ぶつかってから結ばれる、
六角形に
違った音をたてて
くり返し
結ばれてゆく
その

音を
おきき。

Ⅱ

リボン

リボンのように

好きになってしまう。すると、「好き」という気持ちのリボンのひと巻が胸に生まれ、ぷるぷるほどかれて飛んでいく。リボンの幅は手首くらい。長さは、手も足もすっかり長くのばしたくらい。リボンはくるくると、好きなひとをひと巻して、戻ってくる。それは、シフォンのリボンよりも柔らかく、タフタのリボンよりもなめらかで、風に似ている。

それはまた、いつも、ただこちら側のありようだけなのである。

思い出すと、リボンの向かう先のひとは、いつも横を向いているのだ。しばらく横を向いたままでいると、リボンは、贈りものを結ぶように蝶蝶結びになってみる。でも、こっちを見たら、すぐに端を引いてほどき、戻ってくる。ぷるぷるとまた、胸の中に。

そう。リボンは結んではほどくものだから。そしてリボンは一本だ。対になってはいない。それが、恋愛という対の形になるとき、なめらかなリボンが知らない間に、ごわごわでごうじょうな縄になってしまっていたりする。または「好き」のリボンが縄でぐるぐるに巻かれ、どうやってもほどけなくなってしまっていたり。

結んではほどくリボンと、縛りつける縄。両方がいっしょになって、ぐるぐる巻きになってゆく話が世のひとの多くは好きらしく、うんざりするほどたくさんあり、わたしには息苦しい。

また、激しい恋なんていうものは、ないのではないか。好きになってしまうことの、柔らかいリボンが、縛られ、汚され、引きずられ、台無しにされそうになるとき、ひとはリボンを守ろうとして、激しくなるだけなのではないか。繊細なひとしか、激しくならないのと同じに。

ときどき、ある繊細で激しい歌の声ですっかり覆われていなければ、いられないときがある。その声とたたみかけるようなきびきびしたリズムで覆い、そうして世界に向かってまたリボンを送れるようになるまで、じっとしているのだ。その声もまた、あるとき、好きになってしまった、この世にたったひとつしかない声なのだが。

このように、はじめは誰かに「好き」のリボンを送り、その不思議な感じを知る。そして今度はその感じが集い、音楽や美術や文学になっていくのではないだろうか。ひとをいいなと思う気持ちは、中学のはじめの年にもう文学に向かっていた。好きになっていった。

萩原朔太郎の『旅上』、「ふらんすへ行きたしと思へども／ふらんすはあまりに遠し」ではじまり、少しおいて「みづいろの窓によりかかりて／われひとりうれしきことをおもはむ」と続く短い詩が好きで、読むたびにそうなんだこういう感じなんだと、詩にたいする新鮮な気持ちをあたらしく呼吸する。わたしにとって詩は、好きになってしまうときに胸の中に生まれる、リボンなのだ。

みづいろの窓によりかかって、世界を限りなく好ましいものと感じて、生きていくことの価値に包まれ、贈られた時間の中を行くこと。悠々と心まかせに。最後の行「うら若草のもえいづる心まかせに。」のように。

しかし、大人になって世の仕組みの中で生きていかなければならなくなったとき、「好き」のリボンが、すっかりこんがらがってしまうことがある。本が好きであることが、仕事となり出版となり、このひとが好きであることが、恋愛となり結婚となっていく中で。

わからなくなってしまったら、はじめのはじめに、戻ってみることだ。

もうすぐ夏が来る。大きく息をすって、ゆっくりはきながら遠い遠いところまでいく。

するとそこはもう、夏の盛りだった。わたしは熱いコンクリートの上に腹ばいになっている。水着からしみて来るぬるいプールの水。ひかりと塩素の匂い。片足で立って、いくら跳ねても右の耳に入った水が抜けていかなかった。耳を、熱したコンクリートにぴったりとつけてみる。うまく出てくれますように。

ピーッ！　と笛がなった。みんな、立ち上がりプールの縁に向かう。水着は紺で、たらっとしたニット。学校というところに来るようになって二度めの夏だった。女の子の水着は胸まであるが、隠す必要もないくらい平らだ。

手も足もすっかりのばし、誰よりもうまくプールに飛び込む子。彼はきれいな平泳ぎで泳ぎはじめる。わたしは、見ている、ずっと見ている。リボンはぷるぷるほどけて、泳いでいるその子を巻いては、戻ってくる。

プールはきらきらひかる水しぶきでいっぱい。リボンは、冷たい水の中でよくすべり、泳ぐひとが水に包まれてすすむとおりにすすんでいく。戻ってくる。

見ていただけだった。それなのにいつのまにか知らないまに、泳げなかったわたしはすっかりきれいに整った平泳ぎで、水の中を泳いでいた。

風の灯台

マダガスカル島最北端ダンブラー岬灯台は風の灯台と呼ばれている。南インド洋で生れたうず巻きがおこす風が吹きつける所だ。お父さんは沖を通る船の数、風の強さ、海の状態を灯台から一日二回無線連絡するのが仕事だ。

灯台が好きでしかたないクリスチャン君十二歳。少年は黒い石ころのような貝を、バラターザと呼ばれるつめたい乾いた風で干し、食料を作る。歩いて十三時間の町へ行くのは三カ月に一度。お父さんの給料をとりに行く時だけだ。灯台はまるで岩と同化してしまったようなダークブラウンで、たぶん白かったろう内側の壁もすすでしっとりと黒い。政府からの灯油が止められ、灯台の明りがともせなくても、お父さんは灯台の大きなレンズを毎日ぴかぴかに磨く。

「子供の頃から灯台が好きだったんだ」そして少し黙り、「これからもがんばるよ」。

二人とも波の色の白と青のチェックの半そでシャツを着ていて、お父さんの肩のところがすり切れて風にはためき、灯台と同じダークブラウンの肌が見える。

ここでは灯台もひともダークブラウンの大地から生れた生きものなのだ。行ったこともないアフリカの灯台が、なぜこんなになつかしいのかわかった。

「立っている足のうらから湧きあがる、生きものとしての誇り」がなつかしかったのだ。

花巻には夜行で

　上野に着くと磯野君の恋人が列車の入口に乗り出してわたしたちを捜していた。四席とったがもう満席とのこと。次のにしようかと言っていたがこれで行こうということになる。上野発九時十四分、夜行青森行き八甲田は出発した。岐阜から来た神崎君をふくめて、それぞれに初対面の人がいて、駅弁を食べながらお互いにあいさつをする。女性四人が座って、男性三人は通路にお弁当を持ったまま立ったり座ったり。女性四人が座れる、というのでこれで行くことにしたのだな。ふーん、とこんな時、男のひとを尊敬してしまう。

　花巻着、五時十八分。みんな花巻にあけがた着く、というのを強くイメージして来たのである。スタンドのコーヒーで眼を醒まし、おそばを食べて北上川へ。

　岸に着くと、何だか甘い匂いがする。大量に刈られた草の発酵する匂いだった。この岸は第三紀の泥岩層が露出している有名な岸である。傾斜を逆さまに、川の方を頭にして寝そべると、土手の胡桃の木の向うには贅沢な鱗雲が青空の上に掃き清められている。

途中、胡四王山《こしおうざん》へ寄り道したが、いつも「えーっまだ八時」「あらっまだ十時」と驚いている。長い愉快な一日になるだろうと予感した。山道には野性の百合が咲いていて。

早池峰《はやちね》のふもと、岳《たけ》に着いたのは二時過ぎだった。今度の旅行の目的地である。神楽殿での宵宮《よいみや》は六時から、というので石段をのぼり早池峰神社におまいりということになった。

磯野君は、一度だけギーギー鳴く声を聞いたというエゾ蟬をとりに行った。つりざおを長く長くつなげた先に小さい網がついていてぶんぶんゆれている。おかしいおかしいとみんな笑う。

宵宮は始まった。太鼓一人。シンバル型の金《かね》の打楽器、銅鈸子《てびらがね》二人。笛は彼岸である幕の中にいる。いつもこれを聴くとわたしは大和民族である、という胸に下った古い絹糸の束をさっとつかまれるようで、あわてたような気持ちになる。

幕を押して「鳥舞《とりまい》」の二人が出て来た。彼岸から生れるのである、鳥かぶとということの神楽独特の被りものを被っている。黒いえぼしの脇に雲型の板がぱたぱたついている。その上は極彩色の押し絵、つまり立体的な古風なアップリケがほどこされている。

「翁舞《おきなまい》」「三番叟《さんばそう》」「八幡舞《はちまんまい》」と続くが、まず、帯を幅広にぐるぐる巻く、その上にさんじゃく、たすき、はちまき、あちこち結んだうえにまた結びつけてゆくという装束の、その人間の営みのしめやかさ、愛らしさに胸を打たれる。そして舞のふりの潔さ。ここの神楽のふりはどこの日本の舞にも似ていない異国的なものがある。ヒマラヤ。という暗号がくる。北上山系の岩石や植物はヒマラヤのものとよく似ているのだそうだ。実際のところどうなのだろう。

誰もいないときにそおっとふりをまねしてみた。右へ左へ首をふってみて、何か思い出すことがあった。ほうら、といって人にものをわたす時の感じだ。

神楽ではまず面に神霊が降り、それをつけた人間と合体する。そしてあの首のふり方である。聖なる力を、きまえよくほうってよこしている。そんな風にわたしは感じていた。

ただ右手と左手を重ね、そっと結ぶ山の神舞の印《いん》。その自然でシャイな祈りの形がなぜかいつまでも心に残った。

懐中電灯で互いの足元を照らして帰る。ほどかれて行くとはわかっていても、結んではまたその上に結んでゆくことをわすれてはならない。みんなで来てよかったと思う。明日はそれぞれの岩手の方へ。ばらばらに。よし、みんな元気だと、薄紅の冷たいロゼで乾盃した。

コクテール

カクテルとコクテールは、単に発音の仕方の違いだけれど、わたしには随分違うものに感じる。カクテルは、パープルの薄暗いひかりを、コクテールは日向と草の匂いを思い出す。コクテールは西脇順三郎の『えてるにたす』の中の一行「オーモンド夫人のコクテル・パーティ」の中にあって、それ以来カクテルが好きになってしまった。人と話す時はカクテルと言うが、心の中でコクテールと言い直している。

函館に行った時のことだった。千円の差で最上階の部屋がとれますよ、とホテルのフロントがいうので、わたしたちはその、空の近くの部屋に泊まることになった。部屋を出てほんの少しふわふわの絨毯の廊下を歩くと、もうそこはバーで、カウンターの向こうには、スパンコールとビーズを散りばめたような夜が広がっていた。

わたしは「雪の妖精」という名前の、雪の朝の窓からの眺めのような、かすかに白濁したカクテルを。夫はオレンジジュースをとった。雪の妖精をもうひとつおかわりしたら、わたしはすっかりいい気分になってしまった。さっきよりもっと柔らかくなった絨毯の上を歩いて部屋のドアを開けると、雲の上に乗るようにベッドへ。夫が、さかんにうらやましがったものだった。「コクテール」がどこにあったかと、西脇順三郎の詩の草原《くさはら》を捜していたら、「高楼のような柄の長いコップに／さんざしの実と涙を入れて」という大好きな二行が、「冬の日」の日溜りに咲いて揺れているのをみつけた。

イギリスになってしまう

五月の末と六月のはじめ。この季節になると、わたしは駅の階段を昇りながらイギリスになっている。体のまわりだけが突然、すっぽりとイギリスになってしまうのだ。

少しひんやりしてきりっとしまって、時々陽の差す薄曇りの日。そしてはじめて行く所と、まれにしか行かない所と決っていた。

ダンスの練習に時々行く駒場東大前。知人の新しい家を訪れた時の札幌郊外の夕暮れ。ついこの間、はじめて降りた二子玉川園駅を歩いていて突然、「あ、今ハマスミスになっている」と言ってしまった。見ると足の下に工事の鉄板がある。ハマスミスの駅の近くはあの時工事をしていてあちこちフェンスがめぐらされていたのを思い出した。ハマスミスは外国ではじめて眠った所だった。

大好きなアーティストのコンサートがビデオになっていて、その円形の劇場がハマスミスオデオン。そこが偶然ホテルのすぐ近くにあったのだから、もうハマスミスはすっかり効いてしまった。

その次にロンドンに行った時は、暑くて人が多かったから、最初の時は特別だったようだ。ペルシャ湾であった戦争の影響で旅行客が極端に少なかったのだ。

街は久し振りに石畳の下の古い歴史までとどくほど、ゆっくりと深い息をしていた。少し苦くて柔らかかった。柔らかいみちを歩いてすっかり柔らかくなったわたしに、イギリスはくっきり刻印されてとれなくなってしまった。

花のような服

「エリザベス」というイギリス映画を見た。まず驚かされたのはその服装の美しさだった。人間を包むことについての、この美意識と執着は、いったいどこからくるのだろう。

映画には、王の私生児として生れた少女が、四十五年間も国を統治するエリザベス一世になっていく一生の、はじめの所が描かれている。

細い袖の先に花の刺繡をほどこしたオーガンジーの部分が伸びて、うっとりと手の甲を覆っていたり、締めつけた硬いドレスを、侍女が両方から脱がせると、絹の重さと柔らかさでたふたふ波打つ下着が現われたりする。

また、ダンスがよかった。少女の頃のエリザベスが片手をゆっくり上げて踊るところがある。まるで植物の生長を高速度撮影で撮ったようにきれいだった。ふくらんだスカートはオールドローズのように優しかった。くびれさせた腰は、細い茎にあんなに大きな花を咲かせる植物への憧れではないだろうか。

ケルト文様の研究者がいっていた。古代の人は、人の命のはかなさを身にしみて知っていた。だからやがて還る土に永遠に咲く草や花の形で体を包み、一度しかない生をあのように飾ったのだと。

映画館の明かりがついた。振向いた客の服装の味気無さ。これはきっと、人が人にしか恋をしなくなったからではないだろうか。自然を尊敬し包まれたいと思わなくなってから、雲の形や葉っぱのカーブが、その美しさで人を守ってくれなくなったのだと、思った。

豆の花　豆の莢《さや》

ベランダの鉄柵のすぐ向う、ぐみの木の下に、からすのえんどうが咲いている。

十年も昔、ここへ引っ越して来たときに、よそからとって来て植えたものがどんどん広がって、大きなプール二つくらいある団地の庭いっぱいに咲いている。わたしが植えなかったらこんなにはならなかったわけで、小さいからすのえんどうの莢とわたしの完全犯罪だと、春になるたびにうれしい。

豆の花も、豆の形もすきで、あるときベランダの鉄柵を、豆科のつると花でいっぱいにしてやろうと思いたった。

花豆、とら豆、緑豆《りょくとう》、と買ったが、土をほりかえすとき、千切ってしまうみみずを想像して決行できず、豆はおかずやあんこになってしまった。

春から夏へかけて、特に日本の菓子は美しい。

桜もち、柏もち、くず桜。そして、よく考えてみると、みな豆が大切な役割をしていることに気づく。あんになっておさまっている、小豆の一粒一粒がやわらかい枝となり、たくさんの花をつける未来だったのだと、ひっそりと重たい菓子をてのひらにのせてみた。

そろそろ、そら豆の出まわる季節だ。緑のそら豆を、わたしは東京へ来てはじめて見た。群馬では油で揚げた、皮が硬くなったそら豆しか知らなかったから、さっそく夕食に買って帰った。ごろんとした莢をあけると、そら豆が眼をさます。ひとつの莢に、三つか四つ入っているんだな、と思いながらひとり暮しの夕食の用意をしたものであった。

豆をとると、綿の布団のような莢の内側が豆の形にくぼんでいる。育っていない小さいのがあると、とるのが早すぎた、と特別だいじにとり出したりする。

昔、ひとにそら豆に似ていると言われた。やがて知らないまにそのひとと住むようになり、今もそうしている。

いちおうなんとか世の荒波に浮かぶ莢、ふたのしまる床と屋根があり、その中には相当よいことと、相当ひどいことがいっしょにあり、夜はそら豆が四つ眠り、朝になるとあっちこっちにはじけ、莢は空っぽになる。

何の理由もなく

ある日、大好きなチューリップの大きな花束が送られて来た。すぐ電話して、

「何の理由もなくもらったと思っていいですか？」

と聞いた。お返しという習慣があって、時々重たい気持ちになることがあるからだ。

「そう。何の理由もなく」

と電話の向うから声が言った。

「何色が入ってました？」

「ピンクと白と赤」

「え？　それじゃあ、小学生じゃない。もっとフランスみたいな、ルノアールの絵みたいないろんな色の、いろんな形のって言ったのよ。青山の花屋にはいいのがあったのに」

指定の花を言えば、送り先の花屋がその店にある花から選んで送るシステムを使ったのだが、

うまくいかなかったらしい。電話の向うで嘆いている人に、

「そう。じゃあ、今言ったみたいな黒やオレンジやギザギザや、いろんな形のチューリップをわたしはもらったのよ」

と言った。

それからうきうきと、もらった三色のチューリップとフランスのチューリップをあわせて花びんに生けた。

相手がどんな行動をし、どんなものを好むかをよく見ている人が贈るものは軽く、投げやりに選んだものは重い。贈りたいものは、プレゼントを支えている贈る人の感情だから。

にぎやかな棲み家

犬は大好きだが飼っていない。いっしょに暮す生きもののことなら、はじめに菌類の話をしよう。わたしは小さい頃から無類の菌類好きだった。チーズ、ヨーグルト、糠漬けの乳酸菌。きのこ類。納豆菌。甘酒、塩辛、味噌の麹菌。この頃、美白の麹を顔につけている。何か生きものを飼っていますか?と誰かにきかれたら、はい、今朝顔の上に麹菌をのせてまいりましたと言ってみようか。冷蔵庫や体の中にも菌類をいっぱい飼っていますよ、と。

ある朝、ドタドタドタッという音で目を覚ました。ついにネズミが出たか。猫を飼わなくちゃならないかな、とはっきり目をあけると、どうもひさしの上にいるらしい。ヤモリだったのだ。夜になると玄関の明りの下、曇りガラスに親子三匹ではりついて、吸盤とおなかを見せてくれる可愛いうちの子達だった。

どうしてこの頃、黄色いチョウチョが家のまわりにたくさん飛んでいるのだろうと思ったら、ミモザについた緑色をした細い枝状の青虫が、次々にかえっているのだとわかった。放って置けばミモザの黄色い花は咲かない。でも黄色いチョウチョはいっぱい飛んでくれる、となやんでしまった。

トカゲの朝食を見た。虫を舌にからめてぺろっと食べると小さな両手で口もとをぬぐっていた。わが家のトカゲはお行儀がいいらしい。ガマもいる。朝食のときに夫が、この間ずうっと口をあけたままじっとしてたよ、という。どんな風に?ときくと、「こう」といって口をあけてみせた。自分で丹精した庭の緑を背景に、ガマのまねをして口をあけるひと。わたしはこんな生きもの達と暮している。

人生のような花束

畑の野菜売り場でよく、一束二百円の花束を買う。円錐形のセロファンの中に、ぎっしり花がつまっているので全体が見えない。勘で「これ」、と選んで買ってくる。当然いまひとつ、という好みから遠い花も混ざっている、なにしろ、野菜畑の飾りとして植わっていた、丈夫が第一の花々なのだから。

でも組み合わせを考えて幾つかに分けていくと、不思議なくらい調和がとれていく。花屋でこれ幾ら、とききながら選ぶのとは違い、いまひとつという花が混ざっているところが、片寄りがちになる好みをこわして、新鮮な花の集まりが出来るのだった。

久し振りに出掛けた都会。ヨックモックでお茶を飲みながら花束のことを話すと、「いいなあ。うらやましい。わたしも帰りに花束を買おう」と、青山に住む友人は言った。わたしは彼女にこんな風に話したのだ。

「ひとつ好きな花があれば、あとはまあいいかと思って買ってくるのね。組み合わせ方をいろいろ変えたり、分けたりしていると、うまい具合になるの。でも、どうしてもだめな花があるのね。それは一日飾って謝って捨てるのよ。全て選べないっていうところが、何だか人生みたいだな、と思って」

ヨックモックは、東京・青山にある喫茶室のある洋菓子店。

訪れ

この頃日に幾度も
遠去かるものが遠去かりながら
手を振るのである。
そこには柔らかい見えない
こたえられない面があり
わたしも手をあげて
それを確かめるのである。

そこには高いらんかんがあり
もうその向うへは行けない気がして
いつも身を乗り出している。
わたしは不思議にあかるく闊達であり
足は軽く鳥や栗鼠のように
しきりにその柵を登ったり降りたりしているのである。
らんかんに押さえつけたその上の半身から
わきあがるものは次々に総て
向うの世界にすててしまおうと。

わたしは考えすぎ単純でなく
遠去かってゆくものには見えにくいのだった。
だから夏ごとにくり返す単純な草の晴れやかなかたちを

物質の朗らかな色彩をかりて
片方から片方へ腕を振るという
何かわからない欲望を完成しようと思うのだが
わたしには
波のように白く砕けるたわわなパラソルもなく
振ればはらはらと落ちる夏の草の花束もない
持っているものといえば
何かつまらない
あわてたようなものである。
ポケットには
とおって来た畑でひろった
小さいまま真っ赤になったトマト。

草が草に打たれる音
列車の鉄の重みに軋るレール
重なる幾つもの音が消してしまうのだが
向うへ　声を投げている。
すると　そのたびにもう行ってしまったはずの汽車は
また駅を離れ
そしてまた
駅を離れる。

わたしは誰かをむかえに来たのだったろうか
犬がまとわりついて足を嚙んだりなめたり
尾を振ったりまたぶつかってきたり
駅のまわりには

両刃《もろは》の強靭なイネ科の草が群棲し
すっかり色が変わって見えるほどになぎ倒され
片方から片方へ
腕を振るのであった。
草の穂先は打たれてこぼれ
駅の中を吹いておおり
らんかんの上や下をとおり
わたしにぶるかって吹いてとおり
汽車はまた駅を離れ
そしてまた離れ
まるでゆっくりとここへ
やってくるように
見えるのだった。

さあ、残っているのは楽しいことだけ

こども達がまだ小さかった頃は、よく絵本を読んでやりました。その頃はテレビがなかったので、絵本は何よりの楽しみだったようです。両親とも仕事をしていたので、彼等は保育園にいっていました。まにあうように起きてごはんを食べ、でかけて帰ってきて、お風呂にはいります。そして、お風呂からでると、湯冷めをしないようにセーターやチョッキを着せて、おふとんのうえにのり本棚に寄りかかって、やっと絵本をよむ楽しみにたどりつきます。こども達にとって、ああ一日たいへんだった。さあ、あと残っているのは楽しいことだけ、という特別の時間だったのです。

気に入ったものは何度も何度も読まされ、覚えてしまいます。詩を書いてきたわたしには、こんなに何度も読んでいるのに、こどもがその度に楽しそうなのがおどろきでした。そして、絵本ってなんてしあわせな本なんだろうと、思ったのです。

また、何も言えなかったこどもが言葉を身につけていくときの、土からむっくりでてくる柔らかいあたらしい芽のような、きれいな言葉の世界にもおどろき、たいへん刺激されました。

保育園にいっていると、連絡帳というのを毎日書かなくてはなりませんでした。何をどれくらい食べたとか、何時にねたとか、体の調子を書いていくのですが、我が家では何をして遊び、どんなことを言ったかということを多く記録していきました。夫が書くときは絵がたくさん入っていて、私が書くときは、どんなことを言ったかがおおく書かれています。この小さいノート達は今もたいせつな宝ものです。そう、これもひとつの、絵本なのかもしれません。

ふたりのこどもが、あたらしく生まれ出た世界のなかにいて、何かをいっしんに言い表そうとしたその言葉を、わたしは砂漠のなかにわきだした、泉の水のように感じました。我が家はほんとうにその頃、世の中の砂漠に迷い込んで、あっちへ行ったり、こっちへ行ったりしていた頃だったのです。かわいい言葉が、ざらざらになった喉や胸に落ちていく度に、気持ちがすーとしたものでした。

そして思いました。世の中のつまらない常識で、よごれきってしまった言葉に迷わされてはいけない。わたしもまた、きのうとは違う、あたらしい世界にきょう生まれてきた、小さいこどもなんだと。わたしたちのように言葉を選びなさいと、まだ一年か二年しか生きていないこどもが、大人のわたしに教えてくれたのでした。

幾ら年をとっても、小さいこどものようにあたらしく生まれ続けるんだと、ずっと思って書いてきて、とてもうれしかったことが、ひとつありました。友だちのお父さんは長く入院しておられ、彼女がよく『たのしいふゆごもり』を読んであげるのだそうです。そしてそのときの様子を、「なんだかうれしそうにしてるよ」とほうこくしてくれたのです。

冬の用意をすっかりすませ、こぐまがベッドに入り、こうふくな冬ごもりをする絵本は、ベッドの毎日をよぎなくされた方が、思いのほかよろこんでくれたのでした。お父さんは、こぐまのようなこどもをずーっと大人の服ですっぽり包んで、ここまでやってきたのでした。

『たのしいふゆごもり』は、片山令子文、片山健絵の絵本。福音館書店刊。

ぶたぶたくんとなかまたち

「ねえ、ぶたぶたくん、つくって」

と、上の男の子に言われて、いいよ、とすぐつくってやったのが、絵本『ぶたぶたくんのおかいもの』の主人公、ぶたぶたくんです。頭と胴と足をつなげてぐるりとつくってしまい、耳と手をつけていく、簡単なつくり方でした。

わたしが着ていた肌色のTシャツでつくっているので、はじめから抜群の肌触り。皮のシッポもいい具合でした。ぺちゃっとしているところが、枕の脇にのせて一緒に眠るのにぴったりだったのです。

下の女の子とふたりで、なめたりかじったりして愛用してくれました。洗って綿を入れ換えても、愛用のしるしの、全身のしみは、しっかり残ってくれました。

一方、おうまさんは、ずいぶん時間がかかりました。やはり、男の子につくってと言われたのですが、家事に追われ、なかなかつくってやれません。ある日、やっと、ふたりでバスにのって生地屋に行き、ピンクのパイル地を選んで帰りました。この、なかなかつくれなかったうまのことが、『たのしいふゆごもり』のきっかけになったのです。

「バスの一番後ろにのって、帰ってきたんだよ。今も、はっきり憶えてるよ」と、男の子は高い幼い声から、だんだん低くなっていく声で、何度も言ってくれました。

おうまさんはごろんとしているせいか、ぶたぶたくんほど愛用されませんでしたが、とても重要な働きをしてくれたのです。

友人のニット作家の作品だったお人形さんも、イギリス製のくまさんも、いつも一緒でした。どれも、手足がぶらぶらしていますね。抱きやすい形、自分に似ている形が子どもは好きなんだな、と今になって気がつきました。

『ぶたぶたくんのおかいもの』は土方久功作・絵の絵本。『たのしいふゆごもり』は、片山令子文、片山健絵の絵本。ともに福音館書店刊。

子どもと生きる贅沢な時間

本にはいろいろな読み方があります。机に向って紅茶といっしょに。カフェでバッハを聴きながら。クッションを枕にして、寝転んで。本を読んでいると、とても静かな気持ちになります。やっぱり本はいいな、と思います。

ふつう本はひとりで読むものですが、子どもが言葉がわかるようになった頃、いっしょにたくさんの絵本を読みました。膝の上に子どもを乗せ、両方から廻した手に一冊の絵本を持って、声を出して読む体験。雑然とした情報があふれているこの頃、何がほんとうの贅沢かよく考えます。その頃は夢中で過して来ましたが、今思うと何て贅沢な時間だったんだろうと思います。

人は一人で生れて一人で死んで行くといいますが、ひと時、子どもが生れて間もない何年か、親と子はこんなにもぴったりと近くで生きていくことが出来るのです。その中で、絵本を読んだ時間が今も心に残っています。絵本はまるで、こうありたいという、ほんとうの世界に向って開いた明るい窓のようでした。

通っていた保育園には親子読書というのがありました。わたしが二人のマーク、家と魚を刺繡した手製の布バッグに、子どもは何冊か本を入れて帰ってきます。そんな中で見つけた本『よあけ』は、何度くり返して読んだかわかりません。おじいさんと男の子が湖の岸でキャンプする静かな、寝る前にぴったりの本です。暗い夜が明け、朝日が昇って来ました、というところになると、必ず「ぱぱーん」と言う決まりになっていました。「みお（澪）をひいて」、「しずもる」という一見むずかしい言葉も、子どもはその響きの美しさを先に感じ取り、すんなり理解してしまいます。

わたしが夕食の用意をしている時、父親、男の子、女の子の三人でよく『やまなしもぎ』ごっこをして遊んでいました。女の子は両手にボールを持ってやまなしの木に。父親はばあさまに、男の子は三郎になります。「三郎どこさいく?」「やまなしもぎに」とやっては絵本の世界を家の中にふくらませていました。

何度も同じ本を読んですっかり憶えてしまい、子どもは主人公の気持ちになって、悲しかったりうれしかったりします。楽しみながら人の気持ちを理解するレッスンをするのですね。本はテレビと違って待っていてくれます。ページを後戻りして考える。ひとつのことに興味を持ち続ける。そして、自分が創り出すという歓びも体験するのです。

相手を倒すことに終始するゲームばかりではなく、アニメーションにもゲームにもよいものはあるのでしょう。でも相手は機械です。後でも充分です。小さい子にはじめに必要なことは、はじめに出合う、自分以外の生きもの、親との充分な交流なのではないでしょうか。ひと時、人間の原形のような、子どもの笑い、言葉、仕草と共に生きたこと。両脇に子どもがぴったり座ってくれて、わたしの絵本を読む声が二人の耳と体の両方から伝わり、三つの心臓の音がまざってひとつになったこと。なんて贅沢な時間だったのでしょう。

こんな贅沢を機械にあげてしまいますか？　それとも、その気になって少し絵本を読んでみますか？

『よあけ』は、ユリ・シュルヴィッツ作、瀬田貞二訳。『やまなしもぎ』は、平野直再話、太田大八画、昔話を題材にした絵本。ともに福音館書店刊。

お菓子の国のカスタード姫

「ケーキは何が好き?」と聞かれると、シュークリームと答えます。でも、今の洋菓子は偽物が多い。植物油脂や安定剤でいじくりまわされた偽クリームを、わたしの舌はすぐにわかるのです。その辺の煙草屋で、上質の瓶入りジャージー牛乳が売られていた子ども時代の環境が、味覚を育てたのでしょう。

日本は偽のカスタード姫と生クリーム王子でいっぱい。このストレスは、外で珈琲を飲むときにも積もってきます。好きな幾つかのお店を除いて、ほとんどが偽クリームがついてきて、珈琲という飲み物を一挙に、味気ない工業製品にしてしまうのです。

安いパック旅行で、はじめてイギリスへいったとき、バージンの飛行機にはじまり、泊まった三流ホテルまで、珈琲クリームの小さいパックはみんな本物だった。ミルク系のわたしは、何十年ぶりかで胸がすーっとしたのでした。

セント・マーチン教会の地下にあるカフェテラスでは、ガラスのコップに、砂糖も何も加えないホイップクリームと、苺を縦に八つに切ったのが入っているだけの苺パフェに感激しました。何てまともなんでしょう。人工着色のシロップが必ず入っている日本のパフェに不満なわたしは、この「実質的」という美意識にうっとりしてしまったのです。

トライフルをはじめて食べたのは、大温室のある植物園、キュー・ガーデンの門の前の「カフェ・グリーンハウス（温室）」ででした。やはりガラスの器に生クリーム、カスタードクリーム、苺の他に幾つかの果物、四角に切ったスポンジケーキと、色の違う三種類のフルーツゼリーが、ぐちゃぐちゃとただ一緒に入ってました。それが凄くおいしかったのです。ああ、ちゃんとしたカスタードクリームと、ちゃんとした生クリームのおいしさ！　お菓子の国の、本物のカスタード姫と生クリーム王子は、キュー・ガーデンで出会ったのでした。

トライフルを、日本に帰ってすぐ再現してみました。よく見る料理のレシピは細かすぎます。五グラム単位なんてやってらんないよ、といつも思います。それで、シンプルなカスタードクリームの作り方を考案しました。お菓子に大事なのはリキュールです。コアントローひとつでプロの味。水で煮て冷やした果物に、コアントロー入りカスタードクリームをかけただけで、おお！とお客が驚くデザートになります。お菓子の国のカスタード姫は、とってもスーパーなのです。

お父さんは汽車に似ていた

わたしが小さかったころ、石炭で走る汽車が走っていました。テレビもなかった時代でしたから、子どもたちにとって、煙をあげて走る汽車を見にいくのは、特別の楽しみでした。子どもがぐずって泣くと、大人がいいます。

「汽車、見にいこうか」

小さな時はおぶわれて、少し大きくなると手をつないでもらって、わたしはよく汽車を見にいきました。

駅を出発したばかりの汽車が陸橋の下をとおります。汽車をみるためにだけ来たわたしたちは、煙に包まれながら汽車がずうっと先を走っていって、小さくなって消えてしまうまで見ています。

わたしが小さかったころ、町は暗く、その中でおもちゃやさんはそれはにぎやかで明るく、ウインドーに手をついて立つと胸がどきどきしました。大人になってから出会う世界の、ミニチュアであるおもちゃを、わたしはそうやって抱きしめていたのです。

わたしが小さかったころ、お父さんは汽車に似ていました。知らないところへ出かけていっては、何か珍しい新しいものを買って、シュッシュッと煙をあげて帰ってきました。

時は過ぎ、汽車はなくなり、いっしょに汽車を見にいった祖母も伯父も伯母も父も犬のジョンも、もういません。でもほんとうにみんないなくなってしまったのでしょうか。

わたしはいつも、大切なものは失ってはならないと思っています。もしほんとうに大切だと思うことができたならば、一度失ったものでも、また帰ってくるのではないかと思っています。

そして、もう帰ってこないと思っていたわたしのお父さんは、こんなふうに帰ってきてくれました。わたしがこれから行くかもしれないチャーミングな外国の町に変装した、あのなつかしい町や、汽車といっしょに。あったかそうなオーバーを着て、おもちゃのように小さくなって。


絵本『おとうさんをまって』(スズキコージ絵、福音館書店刊)の「作者のことば」として書かれた。

手紙のこと

　手紙はよく書く方ではないかと思います。そしてそのたびに、送る相手がいるということは幸福だな、と思います。書いているうちにばらばらだった考えはまとまり、ただ過ぎるにまかせていた日々の出来事が便箋の上に確かなものになっていくのが感じられるからです。人に手紙を書ける、ということは、もうすでに相手から返事をもらったのと同じだと思っています。

　でもダイレクトメールの中に、なつかしい文字の封筒や葉書をみつけるのは、やはりうれしいものです。いつだったか、人からもらった手紙の束のために、沈んだ気分からぬけ出せたことがありました。

　物置き兼仕事場にかりていた部屋に閉じこもって、古い手紙を一通ずつ読んでいるうちに、ずいぶん元気になって部屋から出てきたことがあります。こうやっていろいろな人がわたしに話しかけてくれている。だからだいじょうぶ、とだんだん少しずつ、最後にはしっかり感じることができたのでした。

誰もいない部屋のテーブルの上に置いてあった、お母さんへ、という書き出しのメモもとってあります。面白いのは、それがいつもの話し言葉でなく、ですます調のていねいな文になっていることです。

親しい者の間でも、時にはまっすぐに個人として向き合う必要があります。手紙を書くとそれが自然に出来てしまうのではないかと、わたしには思えます。

以前、薄い詩のリーフレットを作り、手紙のように知人や友人に送っていたことがありました。手渡すわけではないので、おおかたのものは実際届いているのかいないのかもわかりません。でも四年がたち、それが詩集になった時、本をお渡ししたい、どうぞ来て下さいという文面の手紙を送ったら、送った人がそろって来てくれたのでした。

そして、わたしはこの絵本のひろこさんのように、ほんとうにうれしかったのです。

絵本『もりのてがみ』（片山健絵、福音館書店刊）の「作者のことば」として書かれた。

冬のたのしみ

小さかった頃の冬のたのしみの一番は、やっぱり雪でした。雪に覆われた庭を、廊下のガラス窓から見たときのうれしさ。わたしは服を着て、すぐに外にとびだします。

そんな雪の朝、わたしが南天の赤い実を採ってきて、雪うさぎをつくっていると、「アイスクリームつくろう」と、お茶筒と塩の壺をもった父がやってきました。お茶筒のなかみは、卵の黄身と、牛乳と、お砂糖をまぜたものでした。それから父は、庭の真ん中にある小さな山のふもとの雪の深いところに、雪とそっくりの塩をさらさらまき、そこに穴を開けてお茶筒を埋め、ゆらしはじめました。

「ほんとにできるの?」と、わたしは父にききました。父は、できるよ、といいました。「どうして塩をまくの?」と、きくと、雪をうんと冷たくするためだよ、といいました。どうして塩をまくと雪が冷たくなるかは、小さい子にはむずかしい科学ですが、ほんとうに冷たくなるんだとしいうことがわかりました。お茶筒のなかの黄色いちゃぷちゃぷしたものが、どんどん固まりだしたからです。ふたりでお茶筒を交替でゆらし続け、ときどき蓋を開けてみているうちに、ちゃぷちゃぷはぽったりに変り、ほんとうにアイスクリームができたのでした。

スプーンですくって食べた、アイスクリームのおいしさ。そして楽しさ。わたしはそのあと雪が降らなくても、ひかげの氷を割って塩をまき、甘い牛乳のアイスキャンディーをつくっては、おいしいおいしいと、食べていました。

台所にある、ただの卵の黄身と、牛乳と、お砂糖で、その頃レストランでしか食べられなかったアイスクリームができたということ。雪の中だったこと。この幸福感とおいしさが結びついた、アイスクリームの思い出が、わたしを料理好きにしたのではないかと思っています。

そのへんにある物でつくるところがいいのです。器はプラスチックでも瓶でも大丈夫。冷蔵庫の雪だるまでも、できます。

絵本『ゆきのひのアイスクリーム』(柳生まち子絵、福音館書店刊)の「作者のことば」として書かれた。

小さい種子《たね》から

わたしたちは毎日いろいろなひとに逢います。でもほんとうに出逢えるひとは、とっても少ないと思うのです。わたしはかぼちゃを小さい時から知っていて甘辛く煮て食べていました。でもほんとうにかぼちゃに逢ったのは、最近のことだったのです。

ある夏の日、カンカン照りのアスファルトの上に、畑の端に植えたかぼちゃがはみ出しているのを見つけて自転車を降りました。かぼちゃは黄色いしおれた花をつけたまま、その下の実をふくらませていました。ああ、なんて可愛らしいんだろうと、その実や葉っぱに触り、どうして今までこんなきれいなものに気付かなかったんだろうと思いました。

そして時が過ぎて、かぼちゃの絵本を作ろうと短い詩をいくつか書き、それから実際にかぼちゃを育ててみることにしました。

庭のかぼちゃはどんどん大きくなっていき、どうなったかな?と見に行くわたしを、そのたびに喜ばせてくれました。こちらが気持ちをかけただけ、かぼちゃはちゃんとそれに答えてくれました。朝九時を過ぎると花はもう閉じ始めること、花には男の子と女の子があって形が違うことなどを、かぼちゃは教えてくれました。

そして『かぼちゃばたけ』の原稿ができました。短い詩がならんだテキストは絵本の小さい種《た》子《ね》です。その小さい種子は編集の方や画家にたすけられて、どんどん葉っぱを広げ、花や実をつけ、そして原画ができあがりました。するとまわりにいたひとたちが、蜂やちょうちょのように寄ってきて、ほめてくれたのでした。まだ未完成の絵本はうれしくなって、かぼちゃのようにどんどんしっかり大きくなり、この絵本『かぼちゃばたけ』になりました。はじめはただの小さな言葉の切れ端だったのに。うれしいです。

絵本『かぼちゃばたけ』(土橋とし子絵、福音館書店刊)の「作者のことば」として書かれた。

おしえてあげるよ

お水が氷になる。液体が固体に変身する。すぐ近くにある不思議なことですが、見過ごしていることもたくさんありました。なんとなく、寒いとお水が凍る、くらいのところで浅く通り過ぎてしまっていたのです。

氷、氷、といつも氷のことを考えていると、氷は、「おしえてあげるよ」と、いろいろな姿を見せてくれました。

「ほら、こんなふうに凍っていくのよ」と、バケツに薄くはった氷は、先端がシダの葉のように結晶しているのを見せてくれました。手の平くらいの大きさの楕円形で、全体をすっかり結晶させた、とても美しい氷も見せてくれました。氷はこんなふうに育つのでした。バケツの縁まですっかり凍った真ん円の氷ばかり見ていたわたしに、氷がおしえてくれたのでした。

氷は水中のいろいろなものをいっしょに凍らせ、固まらせます。落ち葉が入った氷の首飾りを作るとき、わたしたちの温かい指が氷に穴をあけることもわかりました。

ある日、台所の引き出しからチョコレート用の型を出してきて、お水を入れてひと晩外に出しておきました。次の朝、それはきれいに凍っていて、手で少し温めて型から外すと……。小さくて可愛いきらきらした、氷の子どもたちが生まれました！

まわりにある、風や鳥や空や雲。雪や氷や草や木や花や石。自然とよばれるものにわたしたちはふつう、横を向いてまま生きています。でも、ふーん。面白いな、不思議だなと、からだをまっすぐ向けて見つめると、自然はうれしくなって、「おしえてあげるよ」と、たくさんの見たことのない贈りものを、わたしたちにくれるのです。


絵本『つめたいあさのおくりもの』（片山健絵、福音館書店刊）の「作者のことば」として書かれた。

たんぽぽは希望の花

たんぽぽは、お店で売ることが出来ない花、値段をつけられたことが一度もない花です。寒い冬の間には、ロゼッタという円くてぺっちゃんこの葉を広げ、太陽のひかりを集めるけなげさをもっています。根がお茶になるということは、大人になってから知ったことでした。

花が咲いた後に球形に広がる綿毛の形も不思議で、ふっと吹くとひとつひとつの種が落下傘のようになって空を飛んでいきます。名前は、蕾の形が鼓に似ていたことから、鼓のたんぽんたんぽんという音をとって、たんぽぽになったのだそうです。何てきれいな、いい名前でしょう。

黄色いたんぽぽは小さい子どもたちも、みんな知っています。それで、たんぽぽを使って、春を待ちわびるくまたちのお話を作りました。自然の要素を入れたお話では特に、森の動物たちの家はどうしても木の家か土の家、としたいのです。画家の大島さんは、そのあたりを、うっとりするほどうまく描いてくれました。

また、横を見たときに黒い瞳のわきに出る、くまのしろめがちゃんと描かれています。特にこぐまのしろめは、何ともいえない愛らしい表情を見せるのですが、コロンくんとマロンちゃんの表情に生かされています。

本を開けるとすぐに、あまーい春の香りがする雪の丘が広がります。くまのコロンくんは、もう春になった、と出掛けてしまうのですが……。コロンくんは幾つかの失敗をします。でも、それがみないいことにつながっていくのです。そんなお話が、たんぽぽの明るい黄色の予感にみちびかれるように、すすんでいきます。

今年もたんぽぽはどんどん咲き、ひとつの中にある生命力も、たんぽぽといっしょに花咲くでしょう。太陽を小さくしたような花、たんぽぽは知らないまにわきあがって耀き出す、希望の花なのです。みなさんに、このたんぽぽの絵本がとどいて、明るい気持ちが花咲きますように。

絵本『たんぽぽのおくりもの』（片山令子作、大島妙子絵、ひかりのくに刊）について書かれた。

ささめやさんのパールグレー

『ブリキの音符』を本棚から出してくると、いつも表紙を撫でてしまう。女のひとが透ける白い服を着て、歌っている姿を。扉にはあざやかなオレンジ色の上に描かれた四人のバイオリン弾き。そして、ページを開くごとに深呼吸する。

ひとは色彩と形を呼吸している。でもそのことに気がつかない。まわりの物との調和などはなから考えない、目立てばいいという看板。作っておけばいいだろうという手摺や窓枠。色や形の混乱は、こころを荒廃させることをみな、あまり知らない。知らないまま、どんどん呼吸を浅くしている。

マチスやゴッホが来ると美術館をぐるぐる巻きにするほどひとが集まるが、そこに集まるひとが着ている服のプリントが、信じられないくらいにひどい配色をしていたりする。絵の中の色彩の美しさを、身にまとう服のプリント選びに使おうとしない。生きている自分とは何のつながりもないのだ。

失恋をして海に身を投げようとしている女の子がいるとして、もし、黒い服を着ていたらおわりだけれど、それはそれはきれいな色のプリントのワンピースを着ていたら思いとどまるだろう。身にまとっている美しい色と形に命を救われることもある。

ささめやさんの絵を見ていると、こんなリボンをつけてみたい、こんな色の組み合わせの服を着、靴をはきたいと思う。遠くから恋人を見つめる視線のような、あのあたたかいスポットライトを浴びたいと思う。触れていたいと思う。どうしてだろう。

わたしはショウガを黒砂糖で煮たお菓子をかじり、ミルク紅茶を飲みながら、そうか、とわかり始める。彼はきっと、この黒砂糖の色やミルク紅茶の色、身近にあってわたしたちに触りなぐさめ、守ってくれた色をみんな体にしみ込ませ、その色を使って描いてきたのだと。例えばベニヤの上にペンキで描かれた、おしゃれなバーの看板。サーカスのブランコ乗りの衣裳。女のひとの瞼や唇の上であたたまるシャドーやルージュの色。そういう、作ったひとがずうっと後ろに慎しく隠れている美、ひとびとの暮らしを無言で意味のある楽しいものしてくれる色や形に、ささめやさんはとりわけ愛情を持っているのではないか。

まわりにあれば何でもいいという訳ではない。それが、青空やバラや赤い土と、大地が生んだものとつながりをもっているかどうかを見、より分け、選びとっている。だから青がほんとうの青空までつながっていて深い。それできっと絵を見ていると深呼吸をしてしまうのだ。

空が塗られ、大地が塗られ、その上にそっとひとを乗せるように描かれている「水の粒たち」。ひとは大地や空に合うような微妙な色で描かれていて、半分透けてしまうほど世界にとけ込んでいる。あらゆるものとつながって。何ともいえない落ち着きがある。どうしてだろう。

わたしは街でベッカムの顔を見つけ、そうか、とわかり始める。ささめやさんはベッカムやカーンのように左腕に黄色い腕章を巻いている。彼が彼自身の主将なので中心があり、それで落ち着きがあるのだ。ワールドカップでは、ユニフォームを押えつけてしっかりと巻かれた黄色い腕章を、ずっと見つめていた。

『ブリキの音符』がすぐ手に入らなくなるようなこの国で、きれいなものを生み出し、残していくのにはどうしたらいいのか。わたしの黄色い腕章のありかを確かめれば、方法がみつかる。

思えば、明るんでくるこころは、バラ色や水色やスミレ色に傾いていくささめやさんの灰色に似ている。希望という色の粒々が、しゅーっと音をたてて生れてくるような、あのパールグレーに、似ている。

『ブリキの音符』は、片山令子文、ささめやゆき画、白泉社刊の詩画集。この文章は絶版になった後に書かれたが、同書は版元を変えて後に復刊された。文中の「ベッカム」はイギリスのサッカー選手、デビッド・ベッカム、「カーン」はドイツの選手、オリバー・カーン。この文章が執筆された二〇〇二年、日本と韓国で開催され話題を呼んだFIFAワールドカップで活躍した。

あたらしい『ブリキの音符』

あたらしい『ブリキの音符』が出版されます。絵の中に文が入るという雑誌「ＭＯＥ」発表当初のスタイルに戻したら、あの頃の風が吹いて、文と絵の形が少し変りました。そして、いろいろなことを思い出しました。

連載を始めるにあたって、まず絵が先で文が後というやり方をしてみよう、ということになりました。

打ち合わせの時に会う珈琲店で、当時、「ＭＯＥ」の編集者だった柴田さんが、月毎に、ささめやさんの絵のカラーコピーを手渡してくれました。紙の裏側の白は白い幕。幕を両方にゆっくり開いていくと、胸の前に胸の幅より少し広く、あたらしいひとつの世界が広がります。

これが現実だよ、と眼が毎日見せられている世界。大方が、がさがさで、めちゃくちゃな世界の、その向うにある「ほんとう」が絵の中に広がっていました。これは真珠の中に棲み、それぞれがひっそりとひかっている、あの虹色で描かれている。まるでがさがさを湿布するように、画面いっぱいにすき間なく、厚くぬり込められている。そんな印象を受けました。

わたしはそれを胸にしみ込ませ、言葉を出していきました。するとしばらくして、絵の中に文がパズルのようにきっちり入った、きれいなページになって出てきました。今度はそれをささめやさんが見て、次の号の絵を描くということを一年間続けました。

本にする時に、幾つかの理由から、絵と文が別になり、双方とも手を入れました。その時の『ブリキの音符』白泉社版の一読者が、今回編集をして下さった佐川さんでした。

詩はいつも未来でわたしを待っている、と感じることがあります。『ブリキの音符』の中のフレーズもそうでした。

「今まで起きたことのひとつでも違っていたら」（生きている時間）この本は生れなかったと考えると、大きくて広くて、静かな気持ちでみたされるのです。なによりも、言葉を大事にしてくれる方々に恵まれました。ともすると詩《ポエトリー》が悲しいほど軽くあつかわれるこの国の中で、わたしを厚い星雲のようにすっぽり包み、まわりをぐるぐる廻っていてくれました。

見ていてくれた方々と、これからこの本を見つけてくれる方のために、様々なことを仕合わせて本を造りました。真珠の虹を厚くぬり込めたささめやさんの絵は、前より大きく広がり、文字にはところどころ紅玉《ルビー》色のルビを散りばめました。
「見ていてくれるひとを歓ばせることができますように」（ブランコ）と、思っています。

新装版『ブリキの音符』について書かれた。文中の「生きている時間」「ブランコ」は、この本に収められた詩のタイトル。

悲しみを残さなかったこと

わたしは、岸田衿子さんの生み出す言葉のひと粒ひと粒、選び出す音のすべてが好きでした。こころを込めて作ったおいしいたべもののようにうれしく、どんな時も安心していられるのです。

あの様な言葉の世界がどこから生まれてくるのだろうと、いつも考えていました。あるとき、わたしね、遠くはよく見えるのよ、遠視なの、とおっしゃるのです。ロウガンという音は使わないのでした。口にしなくてもいいことは、口にしないのです。

絵本の中では、決して安易な造語をしていません。擬音もすでにある言葉が使われています。それを、ほんの少しひらがなの一文字だけ換えたり、離したりしているだけなのです。それなのに、あんなに新鮮できれいなテキストが出来上がるのでした。あまり、自分を出していないのです。まるで読んでいるひと自身の中から、今、わきあがってきたように感じてしまう。そんな、言葉でした。

若い頃からカメラマンがまわりにいて、いい写真をたくさんお持ちでしたが、女優にはない美しさでした。それは、きっと眼差しでした。どれも、笑っていないのです。真っ黒い瞳の眼の奥に、長い時間がはるか遠くまであるような眼差し。曖昧でだらしなくて冷たいあらゆるものに対して、そうではないわよと真っ直ぐに向かっているような眼でした。

あんなに偉い方なのに、向こうから電話をくださったり、誘ってくださったりしました。待ってはいないのです。いつも、自分から何かをするのでした。そして訪れると何かを食べるかどこへ行くかと、楽しいことをいろいろ考えていてくれました。季節ごとに谷中、北軽井沢、江の浦と住まいを変え、いつも植物画家の古矢一穂さんが傍にいらっしゃいました。衿子さんはロバさんとよんでいて、とても仲のよいお二人の世界には、植物が持っている質素なのに豪華な、ゆったりとした時間が流れていました。

わたしの詩集『雪とケーキ』について、会ってひとつひとついいますから、といわれていて、谷中、山とお近くにうかがうことになりました。ところがメモを挟んである詩集は結局、海にあったらしいのです。今度海でということろで、もうお会い出来なくなったのですが、その間に詩、言葉についてとても大切なことを話してくださいました。

詩を書いてきてよかったと思っています。あんな素敵なひとに、お会いすることが出来たのですから。

お別れ会には、モノクロームの若い頃の美しい写真が飾ってありました。それを見るとなぜかみんな、あんまりきれいなので困惑し、笑うのです。それが、とても不思議でした。息子の未知さんは終わりの挨拶で、よかったことは、母が悲しみを残さなかったことですね、とおっしゃっていました。

スミレ色をした生まれたばかりの冬の夜に、金星がひとつ大きくひかっています。衿子さんのように明るく、にぎやかに輝いています。


詩人で童話作家の岸田衿子氏を追悼する特集に寄稿された。

柔らかくて深くて明るい

衿子さんと、はじめにつながりを持ったのは詩でした。八ページ十グラムという小さい個人詩誌を考えだし、葉っぱ、リーフレットといって知人に送ってきたのですが、あるときからそおっと、岸田衿子という方に送りはじめました。その後、絵本や子どもの本の仕事をすることになり、お会いすることになるのですが、同じひとだったんですね、といわれました。詩が先にお会いしていたのです。

衿子さんが生み出す絵本や子どもの本の言葉は、ほんとうにきれいで楽しく、深いのに底までひかりが入る泉のようでした。それは、同じ仕事をするうえで大きな励みになりました。

北軽井沢、谷中、江の浦と移り住む家ごとによくよんでくださり、植物画家の古矢一穂さんがいつも傍らにいて、おいしいものをご馳走してくれました。山では古矢さんご自身が蜂からもらった蜂蜜もありました。海では足元に広がる蜜柑畑のさまざまな柑橘類やお魚。

江の浦の家が借りられたのは、アルプスの少女ハイジの、歌の使用料があったからだそうです。いろいろな意味で恵まれた方でしたが、それをまわりに分け、贈ってくれました。才能のことを英語でギフト、贈りものといいます。衿子さんは贈りものをたくさんもらったので、それを分けて誰かに渡し、動かしていないといられないようでした。

衿子さんのばあい詩というと四角すぎて窮屈で、ポエトリー、リリックという少し近い気がしました。江の浦のダイニングキッチンの窓はすっかり青い海と空でした。わたしのベージュ色のセーターを見て、縁に青い縫い取りがあるのね、衿に飾り編みがしてあると、ほめてくれました。わたしも、まわりの色や形が気に掛かるのです。向こうの部屋には、これ以上望めないくらい形のいい衿をした、薄い小豆色のブラウスが掛かっていました。そのときは、チェンバロを弾いてくれました。衿子さんのまわりにはいつも、言葉だけではない、広々とした世界がありました。

わたしの詩集、『雪とケーキ』が冬のはじめに出来てお送りすると、山からの電話で感想をいってくれました。そして、会って詩のひとつひとつについて話しますから、といわれました。春に谷中でお会いすると、詩集は山にあるのです。メモがはさんであると。そして、翌年の冬のはじめに山に行くと、どうも江の浦らしいと。こうしてわたしは、衿子さんの詳しいお体の様子を知らないまま、すーっと、近くに行ってしまったのでした。

山に行ってみると、ベッドで過ごす時間が多くなっていらっしゃいました。十月三十一日は冷たい嵐でしたが、家にはオレンジ色の暖炉の火がありました。古矢さんと息子さんの未知さんがいて、アメリカにいる娘さんのかわりに、彼女が子どもの頃作ったという愛らしいくまの縫いぐるみがいました。

ベッドから居間へ起きてくるとき、古矢さんがどれにする？ときくと、むらさきがいいかな、と衿子さんがこたえてカーディガンを選びます。隣の部屋に行くだけなのに。そして薬草茶を飲んでもらいたい未知さんに、何度も何度もお母さんお母さんと呼ばれていました。

翌日はすっかり晴れ、黄色い葉っぱがひかりに透けて山の家を包んでいました。二度とも、こちらからは詩集のことは何もいいませんでした。でも、衿子さんは気にしてくれていて、今度は海ね、といってくださいました。それは果たせませんでしたが、充分でした。一生を詩や文学空間からの恩恵に包まれて生きた衿子さんの気持ちがみちて、こちらにあふれてくるようでした。

ご病気なのにパールのように艶があって、面白いことを考えては、笑わせてくれました。ひとを楽しませようとする精神は健やかなまま、少しの翳りもありませんでした。

草が枯れるのは
大地に別れたのではなく
めぐる季節に　やさしかっただけ
つぎの季節と　むすばれただけ

（『ソナチネの木』より）

岸田衿子追悼特集に寄稿された。『ソナチネの木』は岸田衿子著、安野光雅絵、青土社刊。

あれは詩の方法だった

都会にはコーヒーの泉が湧き出している。わたし達は香りをたよりに集まってくる。神保町にアダムとイヴという泉があり、北村〔編集注：太郎〕さんを真ん中にして集まった。しばらくとりとめもなく話し笑い別れるのだが、大きなひと固まりは別の方向に別れていき、お茶の水方向へいく北村さんとよく二人になった。コーヒーは陽のあたる土の匂い。十字路に陽があたったところがあり、よく二杯めのコーヒーを御馳走になった。

北村さんはどんな相手にも自らを高くすることのない方だったのではないか。平らなところで話して下さった。絵本の関係で共通の編集者を知っていて、ある時、北村さんがいった。

「文の調子が似てるっていうんだよ。読んでみたらさ。似てんだよね」

何とおそれ多くも、わたしの言葉の選び方と似ているとうれしそうにおっしゃる。こちらが北村さんに似ているといわれて歓ぶのならわかるけれど。逆さまではないか。考えていると、今でもかるい眩暈がする。

あれは、はじめにひとの意表をつき、その後でじわじわ歓ばせる「詩」の方法だったと、やっと今頃になって気がついた。

好きな詩三篇――「Pride and Prejudice　またはやさしい人」「小さな街の見える駅」「ピアノ線の夢」


北村太郎氏は詩人。この文章は、一九九二年に逝去した氏についてのエッセイを集めた『北村太郎を探して』（北冬舎編集部編、北冬舎刊）に寄せて書かれた。最後に挙げられたのは北村太郎氏の詩。

鞄とコーヒー

北村さんとのお付き合いは、ほぼ三年くらいの短い期間でした。

以前から尊敬しておりましたが、Ada Eve という神保町の喫茶店で何度かお逢いする機会を得られたのは、正津勉さんと玉川上水でばったり会って、「北村さん、どうなさっていますか？」と尋ねた言葉からでした。正津さんは、虎ノ門病院の帰りに、神田に立ち寄られる北村さんを囲んで、お茶を飲む会があることを教えて下さったのです。

今、目にうかぶことは、北村さんがいつもとても重そうな、大きな鞄を持っていらっしゃったことです。きっと、中には本がたくさん入っていたんでしょうね。鞄を肩からさげて、しっかりした足どりで歩くので、ご病気であることを、つい忘れてしまうほどでした。

雨の降った日などは、喫茶店の階段を下りて行く時に、「すべりますから気をつけて下さい」とかならず言って下さるんです。こちらが気を遣わなければならない状態だったのに、こちらを気遣って下さいました。

　また会が終わり、帰り道が私と北村さんと二人になった時に、「十五分だけれど時間があるんだ。コーヒー一杯飲みますか？」と誘って下さったことがありました。話を聴いているだけで黙っていることの多かったわたしが、気になっていたのだろうと思います。実は、そんなふうに、何回か誘ってくれました。いつもごく短かい時間でしたが、そのことがかえって心にのこりました。お話できてよかったな、と思っています。

　その、軽い誘い方や心遣い。今おもえば、北村さんのお書きになった詩の中に全部、それらのことが感じられます。軽さの中に、胸にしみてくるようなものがありました。

　とても短いお付き合いだったのですが、これからは、北村さんの作品と、長い間付き合っていけるんだな、と思っています。


北村太郎氏が亡くなったときの「お別れの会」で語ったことをもとにした文章。

邦先生の形

記憶の中から、ひとの形をとりあげる。なつかしいさまざまな色や形や匂いの空間に感情を混ぜ、軟らかい布にして包み、心臓の近くに抱える。

〈駒場東大前。丘の稽古場〉

駅を降りて少し歩き、コンクリートの階段を降り、また少し行って右に曲ると緑の丘になった。石の階段をのぼっていくと木造の幼稚園があった。邦先生は黒いピアノの前に座っている。黒いトックリのセーター。髪はバレリーナの形にひとつに結い、そこに黒いジョーゼットのスカーフが巻いてあった。時々立ちあがって踊ってみせる動きはこの上なく自然で気品にみちていた。二十代になったばかりの頃だった。一年ほどレッスンを受けた。

その後、笠井叡氏に師事。お二人に共通しているところは、果物のように外側が乾いているところだった。それから、ダンスだけでなく文学も美術も一緒にあったこと。やがてわたしは本を書いていくことになり、ダンスから離れた。

〈船橋。パルコ〉
電車は地上から離れ、少し高いところを走っていた。阿佐ヶ谷あたりから雪になった。乗客はまばらで、窓という窓は雪。わたしは雪に包まれたまま、風倉匠と邦千谷の舞台へ。大きな黒いビニールの球体がゆっくりと動いてきて邦先生の上に乗っていく。とても新鮮だった。そして、この日をきっかけに、またレッスンを受けることになった。二十年たっていた。

〈白州〉
夏の夜。農場の土間。植物もひとも生きているものとして共にある。香りよい暗がりの中の夕食。邦先生を中心にして採ったばかりのズッキーニ、トウモロコシ、トマトの冷製パスタ、玄米。スープを煮る水蒸気。暗闇の中に、ひとという明かりがひっそりと輝いているようだった。

〈駒場東大前。アトリウム・ミューズ〉

この時、わたしの詩を使ってくれた。男性ダンサーによる、クールで理想的な朗読だった。「裏庭」（まぶたを閉じると開く／眼の裏の木戸。／そこには雨が降っていた／いままでにあった総ての雨の日を／思い出すように。／奥の奥の遠くの日までずっと雨で／今日までよく生きてきたねと／降りかかる雨。）

動物ビスケットを渡していく作品。お盆の上に動物ビスケットをのせた従者が、観客に順々にナプキンを渡す。邦先生がその上にビスケットをひとつずつ置いていく。もらったひとは、小さなビスケットをもらい、同時に「キリン」や「カバ」や「ゾウ」をもらう。挨拶が交わされる。

椅子に座る。後ろに立つひとが、邦先生のひとつに結った髪に巻いた、黒いジョーゼットのスカーフをとり、髪をほどき、櫛で整え、結いまたジョーゼットのスカーフを巻く。ライトがすぐそばから真横にあたり、すっかり影になった横顔。そのシルエットを、ひかりに透ける髪が、黄金色の縁どりになって飾っている。

〈駒場東大前。アゴラ〉

アゴラの四階で十一年レッスンを受けた。ある冬の日。エレベーターで一緒になった。雪の降らない東京。邦先生は小千谷の雪のことを話して下さった。真っ白に降ってくる雪の中に立っていると、ふうっと、別の世界に入っていってしまうようになるのだ、と。

空から降ってくる雪のことを話しながら、降りてきたエレベーターに乗り、わたしたちは地上から、空に向ってのぼっていった。

日々の中で生まれる何気ないひとの形を、とりあげて見せていく。そのことによって、わたしたちは、生が輝かしい一瞬一瞬なのだということに気づく。そして、変化してやまない生が、そのまま永遠そのものだと知る。これが邦先生の方法。そしてダンスなのではないか。わたしは今、そう思っている。


長年師事した舞踏家・邦千谷氏の活動をまとめた本に寄稿された。文中の詩「裏庭」は『雪とケーキ』所収。

子どもと大人のメリーゴーランド

メリーゴーランドでお話しをした時のことを、懐かしく思い出します。あれは、とても暑い夏の日でした。『ブリキの音符』や増田さんプロデュースの絵本シリーズ『森にめぐるいのち』を、写真を大きく映写しながら朗読をしました。その時、スタッフや来てくれた方々が、とてもあたたかく聴いてくれて、まるでぱっと開いた花がみんなこっちを向いているようだったことを、いまもはっきりと憶えています。

メリーゴーランドは、子どもだけではなく大人も一緒にくるくる回って楽しむ乗り物です。本のお店のメリーゴーランドも、詩もあるし絵本もあるわたしの話を、よく受け取ってくれました。

大人になりたくないと思ったことは、ありませんでした。大人になってもわたしの中には子どもがいるし、子どもは同じ時、同じ時代を生きていく同志です。子どもだけではなく大人もいいな、と思える本を作りたいと考えてきました。いつも楽しい時は、三才のわたしや、二十才のわたし、五十才、今といろいろなわたしが一緒にくるくる回っているのです。

メリーゴーランド新聞四月号に、『くまのつきのわくん』の絵と文を見つけました。また、何年か前に大人の雑誌ブルータスの、本の特集に、『のうさぎのおはなしえほん「みずうみ」』のことを増田さんが書いてくれました。うれしかったです。

メリーゴーランドって、どんなものだったかと、いろいろ見てみました。木馬が中心で女王さまの椅子があったり、大きな朝顔のような屋根が覆っていたりして、きれいな色の唐草や金銀できらきらしていました。そして、不思議なのは、木馬がみな左を向いているということでした。最近フラ・アンジェリコの天使を見ていたら、マリアに向かう時もひとりの時も、みな左向きなのです。そういえば羽を持った木馬もいました。

あたりまえに過ぎる硬い、時計の右回りとは違う時間があります。きっと、羽で左回りに飛びながら、三才になったり五十才になったりする、柔らかい時間があるのです。生きていく時間の、メリーゴーランドの中には。

増田喜昭氏が三重県四日市市に開いた子どもの本専門店メリーゴーランドの開店四十周年記念誌に寄稿。

歌のなかに

雪が降ると
わたしたちはよく山にのぼった。
山のみちは広く
明るい灰色の石だたみで
ふたつの丘をのぼり
南に大きく開く高い舞台までいった。
町は両腕を前にまるくしたような形に
ひくい山で囲まれていて

その指先が南で少し開いていた。
そこに空いっぱいの雪が降っていた。
わたしたちはやってきた。
家と家の間から見る空とは違う
大きな空が雪を降らせるのを見るために。
そして小鳥たちが空を飛ぶときのように
上から降る雪と下へ降る雪を見ながら
雪が町に降る
歌を歌った。

それぞれ違う生まれや形
妙にくっきりした現実と呼ばれる
世界の輪郭がきえ

まわりがみんな
古代からもこれからも変わらない
白い雪の水玉模様になる日に、
空の近くへいって歌を歌った
子どもたち。
もう胸に抱えていただろう悲しみも
声をひとつにして歌のなかへ入っていくと、
みんなきえていった。
花や草や枝で一日の家を作ったり
洞窟で水晶をみつけたり
空が星でいっぱいになるまで
遊んだ子どもたちは、
生まれてさほどたっていないのに

歌のなかに入っていくと
どんなことが起こるのかを知っていた。

いったい誰がいい出したのだろう。
確かなのはたぶんみんな
そんなことはすっかり忘れて
いるだろうこと　そして、
ここに忘れないひとりがいて
リリカ　リリカル　歌
百合の名前に似たもののなかで
息をして生きている。

Ⅲ

音

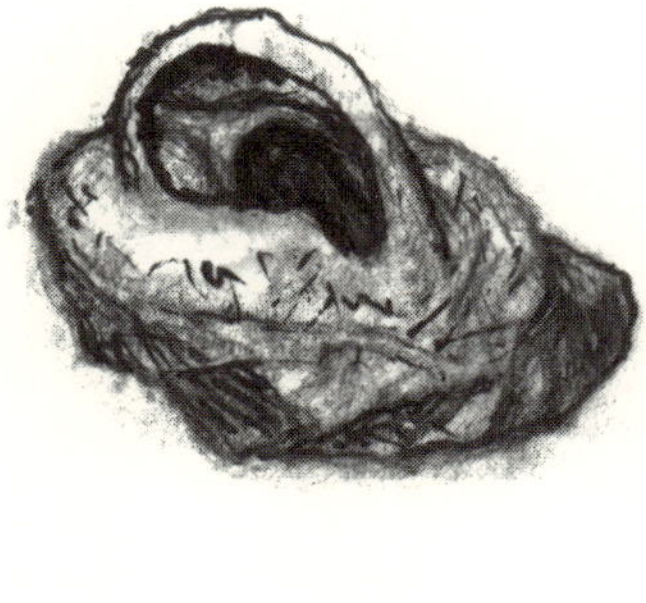

いっしょに歌う歌

雪の日になると、近所の女の子みんなで水道山へ登りました。そこへ行くと、生れた町に白い雪が降ってくるのがよく見えるからです。綿屋の子や理容院の子、駄菓子屋の子そして一番年下のわたし。小学生の女の子達は、いそいそと雪の日にふさわしい場所を選び、そこで「雪の降る町」を歌うのでした。息と歌が雪の中に白く見えました。

天使館という所に所属してダンスを踊っていた時は、中も外も真っ白い建物で稽古し、時々そこで歌を歌いました。ワーグナーの「歌の殿堂をたたえよう」や「田園」、バッハのコラールを総て口だけで、人の声だけで再現しました。弦のパートや管楽器のパートになる人が決っていて。あんなことをしたのは、天使館にいた時だけでした。なつかしさの水の粒が足の先から昇ってきて涙の管の中をくぐって、眼のまるみまで届きます。

友人の子はまだ小さく、男の子は二人とも合唱クラブに入っていて、家でいつも二重唱をしているそうです。通っている中学は以前、ひどくあれていた学校でしたが、合唱を取り入れてから、見違えるようないい学校になってしまったのだそうです。合唱で大切なことは、相手の歌をよく聴くことなのだと、彼女は話してくれました。

わたしの家でも子どもが小さかった頃は、「歌、歌おうか」というと得意になって保育園で教わった歌を歌ってくれました。「とんぼのめがね」を歌う男の子と女の子の声。何て可愛かったのでしょう。ほんとね、とても同じ人間とは思えないと、子どもが大人になってしまった母親はみな同じことをいいます。

卒業式の季節が近づいてきました。子どもの卒業式に全部出席したのは、最後にいっしょに歌う歌を聴きたかったからかもしれません。卒業式はなぜか寒い。底冷えどころか雪や霙《みぞれ》の時もあった三月の日に、たくさんの声が重なった歌はいつもやさしい春の花の匂いがしたのでした。中でも校歌は、どこかみな似ていて中性的なところがいいのです。いっしょに歌う感覚だけが曲を越えて純粋に生れてくるからです。校歌を幾つ憶えていますか。教えの庭の。

「仰げば尊し」は大好きな歌なのに歌われなくなって残念です。「仰げば尊し我が師の恩／教えの庭にもはや幾年／思えばいと疾しこの年月／今こそ別れめいざさらば」。いと疾しは、何て早く過ぎたのだろう。別れめ、は別れましょう、の意味。子どもが小さかった頃のあの特別な時間、あれはいったい何だったんだろう。人と人があんなに近くで生きられることとは。我が師とは、わたしにとって、子どもが見せてくれた人間の原型でした。

くるくるっと、ひとつひとつまるく分かれているなつかしい日々。いっしょに歌った歌は大きな厚い温かい手になって、ごつごつしたところのある思い出をまるい真珠の形にしてくれます。七音階が七色の虹の色になって。

この頃、今そこに生きている人には目もくれず四角いメールの画面に見入る人ばかり目につきます。戦争もあり、何か不協和音が増えたように感じます。そんな時、わたしはいっしょに歌った歌の、あの柔らかい感触を確かめます。違う顔、違う考え、違う声の人が同じ所に生き、ひと時同じ歌に声をあわせた時の、あの感じを。調和する音の形を体に記憶させることは、不協和音の中をくぐりぬけて生きていくための、知恵なのだと思っています。

さきほど、友だちと逢って楽しく話し、帰ってきました。わたしたちはただ、話していたつもりだったのですが、ほんとうはいっしょに歌を歌っていたのかもしれません。

おつきさま

結婚してはじめて住んだ所は、井の頭公園の縁にありました。急な坂の次に石の階段をのぼり、木造の建物の内階段をまたのぼった二階の二部屋が住居でした。夜は遠いネオンがビーズとスパンコールのようにひかって、なんだか空に浮かんでいるような所でした。

少しして、男の子が生まれてきました。お風呂がなかったので、毎日夕方か夜にはお風呂に行きました。

西の空にはドロップのように大きな金星とお月様。お月様は、本当に不思議です。日々形を変え、色も大きさも顔を出す場所も違います。

「ほら、お月様が出てるよ」

わたしは、空の中にお月様を見つけるたびに、男の子に言いました。

むにゃむにゃ言っているだけだった子どもが、犬を見てワンワン、自動車を見てブーブーと言い始めると、わたしは面白くて仕方なくなり、いつもいつも、いつも話しかけました。

ある日の夕暮れ、坂を下りてすぐの井の頭公園駅に、二人で電車を見に行きました。駅舎の上には、まだ青みの残る広々とした空が広がっていました。その時、バギーに乗っていた子どもが空高く指差して、

「おつきさま」

と言ったのです。すると、隣りにいた同じ位の子をバギーに乗せたお母さんが、もう、お月様って言えるんですね、と言いました。それで、その時のことがはっきりと、記憶にのこったのです。

二音が重なる幼児言葉から、ひとつひとつ違う音を持つ普遍的な言葉の世界に、「おつきさま」と言って入ってきた子。わたしは地平線からぷるんと顔を出すお月様を見つけた時のようにうれしく、あの日のことをずっと忘れませんでした。男の子がまだ歩かない、生後九ヶ月の頃でした。

『おつきさまこっちむいて』（片山健絵、福音館書店刊）の「作者のことば」として書かれた。

マイナー・トーンを大切に

この頃、子守り歌を嫌がって泣き出す赤ちゃんがいるそうです。お母さんのお腹の中にいる時に、長調のコマーシャルソングを浴びるように聴いてきた赤ちゃんが、子守り歌の短調に拒絶反応を起すからなんだそうです。

母と子の間で長く歌われてきた、眠りに誘うための、ゆかしいマイナー・トーンが物を売るための歌によって、消滅させられようとしているのです。コマーシャルになると急にテレビの音が大きくなります。お母さんのお腹の中の赤ちゃんに、その大きな音が一番多くとどいていたのでしょう。世の中にあふれている過剰に明るい長調の音に、もっと注意をはらったほうがよさそうです。

明るいもの、元気なもの、ぱっと眼をひくものがどこでも歓迎され、街は夜も明るくなりテレビにもポスターの中にも笑顔があふれています。その一方で人工的に明るい表層を突き破るように、震えてしまうほどこわい事件が起きています。中でも少年がかかわっていたものが印象的でした。人の命を奪った少年は、まずはじめにやらなければならないこと、「自分の悲しみや痛みを受けとめること」が出来ていなかったのではないかと、わたしは考えています。

子どもの時、眼を覚ましたら誰もいなかった、という寂しさの記憶を持っている人は多いと思います。上の男の子は、

「眼を覚ましたらだーれもいなかったんだ。鼻をほじったら、鼻血が出てきちゃって悲しかったんだ」

と、後から何度も思い出して言っていました。大きくなるごとに順々にしっかりした言い方になって。たったひとりで世界の中に存在するということが、小さい子には深い悲しみだったのです。でも何ともいえない懐かしさとおかしさが混じっているらしく、いつも笑って話していました。それは、同時に何度でも聴いてくれる人がいた、ということでもありました。

子どもがたったひとりで眼を覚まし、すぐ質の低いホラービデオを見て、その寂しさに蓋をしてしまったらどうでしょう。「悲しむ力」はきっと育つことをやめてしまうでしょう。自分の悲しみを受けとめることは、歓びをしっかり受けとめる包容力を育てること。また自分以外の人の悲しみを想像する力を育てることなのです。

わたしは小さい時から転調のある歌が好きでした。例えば「雪の降るまちを」(作詞・内村直也／作曲・中田喜直)は、「遠い国から落ちてくる……」のところに短調から長調への転調がありま す。歌う人はそこでみな体が浮きあがるような高揚感を味わいます。音楽と人のこころはこんな風に結びついているのです。そしてそれは、前にあるマイナー・トーンがあってこそ可能なことなのでした。

音楽的に正確に短調ということではありませんが、小鳥の歌や雨の音、木の葉のざわめきは、みな一種のマイナー・トーンなのではないでしょうか。人の気持ちを落ちつかせる透明な音という意味で。

カワイ音楽教室の教材のCDの中に、「ひとりぼっちのおるすばん」(作詞・垣内磯子／作曲・佐藤敏直)をみつけてうれしくなりました。この歌はきっと、柔らかい芽のような子どもの悲しみを、音で包んでくれるでしょう。意識的に、こんなマイナー・トーンの曲を入れているところが、素晴らしいと思いました。

わたしの好きな歌「LET IT BE」

好きな歌について書く、というのは、わすれていた時間の野原にいって、そこに咲く花の一本をつんで来るような感じだ。わたしはその中で、レット・イット・ビー、をえらんだ。この歌は、つんでもつんでも咲いてくる花、自分でかけなくても、いつもどこかから聴こえてくる歌だ。

一九六〇年代おわりから、一九七〇年代のはじめは、やはりわたしにとって特別の時だった。ベトナム戦争、学生の政治運動。そして今までになかった、あたらしい音楽、ボブ・ディランやビートルズの歌の誕生。そんな時代のうずの中に入って、文字どおり眼のまわるような毎日をすごした。

その頃は、くる日もくる日も、ひとと話した。プライベートなことから、社会のことまでよくあんなに話せたと思う。でもひとつだけ、どうしても納得がいかないことがあった。新しい価値を見出そうとしている男のひとの多くが、世の中のおじさんと同じ、ふるーい女性観しか持っていなかったことだった。

わたしはだんだんがっかりし、どんどん失望し、そのたびに肩まであった髪は短くなって、ついに頭のかたちがすっかりわかるほどのショートになり、スカートはズボンになり、アクセサリーはつけなくなった。今考えてみると、十九から二十四まで、ずうっとそんなスタイルをしている。男性からも女性からも離れた中性的な姿で、いろいろなことを考えてみたかったのだろう。

そんなことをしているあいだに、学生時代はおわり、大学とも、灰色がかったヒスイ色の水が流れていた、緑の玉川上水ともお別れしなければならなくなった。そしてしみじみ、ああこれからひとりでやっていくんだなあ、と思ったのだった。その頃リリースされたのが、レット・イット・ビーだった。

違う違う、そうじゃない、と理想にもえて突っ走り、そのあとすっかり自信を失っていたわたしは、この歌を聴いてふと自分自身の輪郭を感じ、立ち止った。レット・イット・ビーは、「今のあなたの、そのままでいい。悲しみも、あせりも、くやしさも、あるがままにしておきなさい。そこにいて、そこから始めなさい」と言ったのだった。

時はめぐり、なぜかまた大学のあった緑の玉川上水の近くに住むことになった。そして、あいかわらずめぐってくる自信喪失。

なつかしい店でしおれきってコーヒーをのんでいると、学生がどっと六人入って来て、席が分かれちゃうね、と言っている。わたしは六人がけの席にひとりでいたので、小さい席に移ろうとすると、女主人は聖母マリアのような威厳をもって、無言のまま眼と手で、「そのままでいい。そのままそこにいて、あなたが今やっていることを続けなさい」、レット・イット・ビー、と言ったのだった。

この歌は、男のひとにではなく、世界に失恋した時に聴く歌なのだ。

九番の曲

ある一曲だけを友達に聴かせたくなった。それで、仕事に行く前の朝食、といってよく行く国《くに》立《たち》ロージナで逢うことになった。

「じゃあ、ＣＤウォークマン持っていくね」

といって約束し、友達はやって来た。ハムや玉子、野菜がぎっしり挟まっているミックスサンドとコーヒー。それをひと口食べると、友達はイヤホーンで九番の曲を聴き出した。一点をみつめる眼はすーっと涙で濡れていく。ギタリスト、ジェフ・ベックに夢中の彼女はイヤホーンをとって、

「やっぱり、人の声ってすごいね」

といった。デヴィッド・ボウイがクイーンに提供した「アンダー・プレッシャー」。それをボウイ自身とクイーンのボーカル、フレディ・マーキュリーがデュエットをしている。今はないロ

ック界のカウンター・テナー、フレディがエイズとわかった後の録音で、もうすぐ失われるだろう高音を、これからも長く生きるだろうボウイの低音が下から支えるように進行する。二つの声が重なったりねじれたりして胸に迫るのだ。

「ボウイって、いろんな声が出せるでしょう。高い声も低い声も。それで叫ぶ時の声もまた違うんだよね」

そうそう、とわたしは答える。叫んでいるのに優雅《グレイス》なのだ。たいへんな時にこそ、優雅に。グレイス・アンダー・プレッシャー。

ジギー・スターダスト

ひとは
喉にはられた柔らかい弦を
息という弓で弾く
ヴァイオリン。

デヴィッド・ボウイの歌う声のわずか一秒の音の波の中に、わたしのやりたいことの総てがあると思ったことがある。たとえば「ワイルド・イズ・ザ・ウィンド」タッチ・ミーの消えぎわのところ。そこには人の体の中に、息の形をした永遠が今、とおりぬけたという音調《トーン》がある。息は空気。息は青い空でもあるのだった。

マッチ棒くらい小さく遠く、ほんとうに生きて立っているボウイの姿を見た時からそれは始まった。スターという別の生きもの、と思っていたデビッド・ボウイが、わたしと同じこわれやすい肉体を持っていたのだとわかってショックを受けた。このサウンド・アンド・ビジョンツアーの後に、初期からのCDが順々に発売された。わたしはそれを全部買い夜も昼も聴くことになる。

ずいぶん後になってあの時のビデオを見たら、ああ、やっぱり相当な舞台だったんだなと納得した。ボウイは劇場空間としてロックをとらえていた。背後には巨大な紗のスクリーンが降りていて、そこに白いすべすべの肌、まっ赤な髪のボウイの顔が映し出される。化粧をほどこした眼が画面いっぱいに大映しになり、スローモーションでまばたきをする。その前で、次々にデビューから現在までの曲を演奏する黒いスーツのボウイ。そうやって過去と現在を重ねていくのだった。やさしい顔と筋肉で出来た女性ダンサーと踊る時は、スクリーンでも二人のデュエットが映された。大好きなボウイのダンス。木が揺れる時のような。

彼は「時間」ということを何度も歌っている。時はひとを変えるが、ひとは時に跡をつけることは出来ないと。かつて、ボウイは百合の花のようだった。耳からまっすぐ下る顎の線が一二〇度に曲り、もう一度一二〇度に曲って、静かに結ばれた大きな口がある、前の顎の線に流れ込む。その顔はもうないよ。ほら、時間が額にしわをつくった。僕たちは時間の中にいるんだからね、と言っているようにスクリーンを振り向く四十代のボウイ。

デヴィッド・ボウイの音と声がテレビやラジオの中に不意に流れてくると、ひんやりと気持ちよい霧が流れてきたようになる。水や植物のにおいを持っているのだ。京都の苔の庭を愛し、はじめて来日した時は地方までいって神楽をたくさん見たそうだ。自分とは違うものに恋をし、相手に対して開いていくことが、どういうことなのかをよく知っている。

その時の、ジギー・スターダスト・ツアー、東京公演を見た友人がいる。ボウイがきっかけでぐっと親しくなった彼女に、確かめたいことがあって電話した。

劇場はどこ？　新宿厚生年金。ギターはミック・ロンソンだよ。寛斎の衣裳着た時よ。ビーズのことなんだけどね、何色だった？　牡丹色。濃い紅だよね。衣裳の糸が切れて舞台に飛び散ったんだね。じゃあ、一番前にいたの？　友達がカメラのアルバイトをしてて、その人からもらったんだと思う。何だかもやっとしちゃって。そういう話を聞いただけだったのかなあ。でも瓶に入れて持っていたって言ってた。見つかったらわたしにくれるって。そうか。じゃあ持ってたんだね。

電話を切って寝転がり机に飾ってある、畑で買った花の集まりを見ていたら胸がいっぱいになった。はかなさと永遠が結婚して生れた子どものようなひと時。大きく広く、わたしをとりまく総てのものに向っている「好きになる」という感情。ボウイはそういう気分をかりたててくる。ジギー・スターダストと汗が沁みているビーズ。わたしの紅いビーズ。

風に吹かれて

音の首飾りのような名曲、「くよくよするな」を聴いていて、そうかボブ・ディランのギターはチェンバロに似ているのだ、と気がついた。

チェンバロは多く通奏低音に使われる。ボブ・ディランには通奏低音を持つバロック音楽の安定感がある。ギターのあちこち動く音は雨だれの音に似ている。落着くのだ。

あることにも気づかないでいる鼓動や呼吸、地下を流れる水脈のような血の流れ、木の中を昇る樹液のようなリンパの流れ、生きている限り揺らがない生命のリズムが、ディランの通奏低音にはあると思う。

彼はそこへ、人生の何気ない歓びや数々の哀しい別れを詩にして乗せてきた。それが結果的に、一九六〇年、七〇年代の、文化の厚い層が激しく揺れた時代の中で、一種のホメオスタシス、恒常性維持装置の役割をしてきたのではないだろうか。ボブ・ディランはあの頃、どこにでも偏在していた。街のあちこちから聴こえてきた。ほこりっぽい街のスピーカーから不意に「時代は変る」が泉の水のように流れてきたりした。

おとといのある朝早く、出掛ける用意をすませ、ラジオのイヤホーンを耳に入れると、「廃墟の街」が始まった。延々と続く抒情《リリック》と落ち着いたビートは、玄関を出て、バス停でバスに乗り、国立の駅に着いた時に終った。十二分に及ぶ曲を、ディランはニューヨークのタクシーの座席で書いたことを後で知った。国分寺、武蔵小金井で、サ・バーズが歌う「マイ・バックページ」。この時、まわりに空気のように遍在していたボブ・ディランは、わたしの中心にまで沁みてきた。つり皮につかまったまま、そう感じた。

ボブ・ディランのどこが好きなのだろうか。そう。例えば、一九六五年のドキュメンタリー映画「ドント・ルック・バック」の中で、ロイヤルアルバートホールの暗闇を走るスポットライトの底に立ち、ギターひとつで歌うディラン。頭のいい若いユダヤ系のきれいな顔に重なる老成。

ロンドン・サボイホテルで、グラスを窓から投げたという苦情に対し丁重に謝ると、浮わついた大勢の取り巻きに、「誰が投げたんだ？　この中にいるはずなんだ。こういうことは嫌いなんだ」と言いつのってやめようとしない態度。そして「考え」があるところ。「哀しい別れ」の中で、わたしの中で結び目をつくるすべての考え、と歌っている。それがわき出なかったら、気が変になっていただろうと。

考えて考えてやっとわかったことが
霜で覆われた植物のように
きらきらひかり出す。

それが、あの歌になるのだ。

千鳥ヶ淵の水で囲まれた武道館を、二〇〇一年三月十四日の夜が包み、電光板のオレンジ色の数字が7：00と出ると、ざわめきがおこり、0が1にくるっと回るともうボブ・ディランが舞台に立っていた。何のために時間を決めるんだと思う?と言っているように。

前半の「廃墟の街」は判別がやっとのバリバリのロックになっていたが、後半ではファンがしつこくレコードで聴いている旋律を浮きあがらせ、ハーモニカを吹き、すっかり歓ばせてしまう手練手管。さすがだった。ディランのギターは素晴しくうまく、落着いた厚いビートの通奏低音は、はじめから終りまで崩れなかった。

「風に吹かれて」がラストの曲だった。遠く光り続ける恒星としてのボブ・ディランと、失われやすいひとりの人であるボブ・ディランが重なって立っていた。煙色の髪に変ったディランが、ほんとうに、そこにたったひとつしかない嗄れ声で「風に吹かれて」を歌い、わたしはその声に包まれた。

バッハ「パルティータ第二番」

パルティータ第二番を弾くグールドを見た（DVD「グレン・グールド　27歳の記憶」）。耳では何度も聴いているのだが、ああ、こんな風に弾いていたのかと、曇り空から太陽があらわれてあたりを輝かせてくれるときのようにうれしかった。

画面を見ながら、今、そこに何かとても大切な中心があり、それが生き生きと動いていると思った。グールドはぶらぶら紐が下がった部屋着を羽織り、足を組んでバッハを弾く。左手をあげ、くるっと廻す。上体をゆっくり廻しながら眼を閉じる。ずうっと歌っている。詳しい人にきいたところによると、あの有名なハミングは、主旋律と対旋律を使いわけて歌っているらしい。そこが非常に立体的なのだという。

何と楽しそうで何と自然なのだろう。わたしはこころの中でアフタービートをつけていた。このDVDのパルティータ第二番は、わたしの思うところのロックミュージックのスピリットにみちみちている。ハートビート、情熱と躍動感があるのだ。そして、バッハの音階が何百年も昔からやってきて、年若い青年の細胞という細胞の中に入り込み、血を廻らせ手足や頭や唇や声帯、体のパーツの総てを使ってパルティータを再生しているのでは、という不思議な感覚におそわれた。

音と音が独立し、曖昧に混ざってしまうところが少しもない。

ひとつひとつくっきりと
鍵盤《キイ》をたたくこと。

昨日という鍵盤《キイ》にも明日という鍵盤《キイ》にも触れずに、今日という鍵盤《キイ》をたたく練習をすること。そうしないと、人生を音楽にすることは出来ない。

前半の「オフ・ザ・レコード」は、ニューヨークのスタンレーにピアノを買いに行くという場面から始まる。グールドはピアノからピアノへ移って弾き、一台を決める。その後すぐに、ここで練習していい?と店主にきくところがとてもいい。額に縦の山脈があり、カールのある髪は頭にきれいに収まり、ひと房が形よい額に下がって揺れている。

そして、はじめにあげたパルティータの場面に移る。カナダ、シムコー湖湖畔の自宅。ここにもゴールドベルグ変奏曲の大ブレイクの後の、自信と落ち着きで引き締まった魅力的な横顔が幾つも収められている。

窓ガラスの下半分に湖水の波のきらめきが映る。そういう環境で彼は子どもの頃からピアノを弾いていた。練習している時が一番幸せそう、と時々日常の世話をしてくれる隣家の婦人がいう。ピアノはチェンバロに似た音を出すチカリング。コンサートを好まなかったグールドの気持ちがわかった。彼はこのままを、聴く人にとどけようとしたのだった。

後半の「オン・ザ・レコード」では、制作スタッフが、「裸足のバッハくんのおでましだ」と言ったりする柔らかい空気の中でイタリア協奏曲を弾く。そこに生まれるのは——。ひかりのような音。別れを悲しまない音。

リパッティのワルツの泉

日向くさい春の日がふいにやって来ると、必ずいそいそと電車に乗って出かけていく店がある。それはある古い珈琲店で、高い天井、三方に幾つもあいている窓、コンクリートの床という建物のつくりは季節をそのまま囲い込んでしまい、そこへ行くと春の感じが幾倍にも感じられるからだった。

わたしは昔、そこで少し働いていたことがある。学校を出てすぐ入った会社をやめてしまい、さてどうしよう、なんとか自分を生き生きとさせる方法をみつけてやろうと、くる日もくる日も考えていた。そして休止符のようなぽかんとした無垢な時間をそこでたくさんもらったようなのである。

窓を全部あけ放って凍りそうな水で雑巾がけをする。そしてストーブをつけるとその朝の気持ちにぴったりのレコードを選ぶ。朝から夕方までひとりで淡々と体を動かす仕事をわたしは気に入っていた。

やっと慣れた頃に、季節は冬から春へ移っていって、あのなんとも言えないこころ弾む時を今まで味わったことのない落ちついた気分の中で満喫していた。

グレゴリオ聖歌をかけると、コンクリートの床は中世の湿った土に変ることを発見し、音楽が空気まで変えてしまうことを知ると、バッハ、モーツァルト、と次々にその変化の様子を確かめてみた。

昼過ぎてようやく人が入ってくることが多かった。そして春になりかけた頃から毎日やって来る人ができた。その人は南の観音開きの丸窓の下にいつも座り、そして必ず済まなそうにショパンのワルツをかけてくれるようにとたのんで来た。

不思議なものでその人はとてもショパンに似ていた。でもショパンが、らくだ色のメリヤスの下着になってがっかりしてしまったような感じだった。彼はワルツをかけるとぴたっと書きものをやめ、悩ましそうに上を見たり、悲しそうに下を向いたりしていた。

おかげでリパッティの弾くショパンの名盤はすっかりザラザラになり砂漠のようになってしまった。

三時過ぎにやってくる紺の足袋に下駄ばきの人は、古い形の眼鏡をかけて椅子にまっすぐ座り、一時間ほど音楽をきいて帰ってゆく。何も要求しない。ただわたしが砂糖壺を忘れると、もうしばらくたってから、「砂糖……………を下さい」と言った。その人はいつも三杯か四杯珈琲にお砂糖を入れるようだった。

華やかな音楽会には行けなくても、楽器など弾けなくても、音楽をほんとうに必要とし、愛している人々をわたしは見てきた。

店の奥の暗がりで回転しているレコードの光りは、湧き出てくる泉のように見えた。リパッティのレコードが砂漠になってしまったのは、あの「ショパンの人」のこころの中にワルツの泉が引っ越していってしまったからなのかもしれない。

文中の珈琲店は、東京・高円寺の名曲ネルケン。

夏とラジオ

この夏はずっと、小さいラジオといっしょに早起きをした。暑くて早く眼を覚ましてしまった時、枕元にあったラジオをつけると、耳の中の巻き貝、イヤホーンからバロック音楽が聴こえてきた。バス停の前の電気屋で買った古い型の安いラジオ。それがこんなに色々なものを連れてきてくれるとは。

六時十分。イヤホーンを耳に入れ、スイッチオン。ひかりの赤い実がぷちっと灯り、ゆったりしたチェンバロやリュートの曲が流れてくる。わたしは布団をかけ直し、にっこりする。それから起きあがり服を着て、エプロンを体にぴったり巻きつけて、そのポケットにラジオを入れる。それから全部の窓を開け、紅茶を飲み、庭へ。大きなヒマワリの花に五、六匹の蜂がいて、花粉だらけになって朝食をとっているのを見る。甘い香りのピンクと白のハマナスのテーブルにも虫たちがいっぱいだ。

音楽がどこへいってもついてくるので、冷蔵庫やガラス戸の鏡の前で踊ってみたりする。みんな寝ているから、音を立てずにそっと。

この頃は、六時というともう明るくはなくなった。太陽をみつめていたヒマワリは、重く首を垂れ、今度は種を委ねる大地に挨拶をしている。夏は、その裾いっぱいに果実を実らせながらまるい地球を滑っていく。南半球に暮し始めた古い女友達へ、北半球から手紙を出そう。

「夏がもうすぐ、そちらへ行きますよ」

裸のオルゴール

機械がむき出しになっている小さい手廻しのオルゴールを買った。雑踏の中でひとつひとつ耳に近づけて十五曲の中から一曲を選んだ。家に帰って食卓の上で鳴らすと思いのほかよい音がする。

そして夜中、一日の雑音がすっかり底に沈みきったようなしんとした部屋の中で鳴らしてみた。子供が起きるのではないかと思うほど大きな音がする。この裸のオルゴールは響かせる物、外界との関係によって次々に音を変えてゆくのだった。

膝の上で鳴らしてみたり木の椅子でやってみたりしながら、自分が音の大きさ、澄み具合を計っているのに気がついた。

それでまた、耳の近くで廻してみた。音は小さく、みすぼらしく響かない。が、金属のふるえが小さく長く聴こえる。何かに置いた時には聴きとれなかったデリケートなオルゴールの心臓の音だ。

音がよい悪いということの判断を、計ることを捨ててしまうことだ。それぞれが、それぞれなのだと。

オルゴールは同じ旋律をくり返す。そしてわたしも。きっとひとつの旋律しかうたえないだろう。それはあまりにむき出しで、ひとり誰も居ない夜に耳のそばで時々確かめるもの。

人生の中の濁った音もやっぱりわたしのたてる音と思い切ることが、もしほんとうに出来たならば、むかーしから知っている感じがするなつかしい石の床をひたひたと歩いていって、何だかわからないが非常にうれしい気持ちのする部屋の真ん中に歩いていって、そこへぺったりと座り、オルゴールを廻すことが出来るかもしれない。

あたらしい雲

いつもどこかで何かがおこり、胸にしみることがおこり、
胸はその出来事のかたちに透けてしまう。
いつもどこかで誰かに出逢い、誰かは胸にしみてしまい、
胸はそのひとのかたちに透けてしまう。
あさに誘われておきあがり、顔をあらい、こうして何日も
何日も歩いた。胸にしみるものを捜して。
次の日も次の日もおきてはでかけて、いつもどこかで何か
がおこり、かがやくような出来事や、かがやくような誰か

に逢って、胸はどんどん透けていった。

胸がすっかり透けてしまったひとはおきあがらない。もう歩いていくこともなくなって、よく晴れた日の真っ白い雲のようにきえていく。胸にしみるもの、そのものになって。憧れていたもの、そのものになって。

だが憧れはのこり、そこからまた白い雲はわきあがる。あたらしい雲はそらのはしからあらわれて、空のまんなかにのぼっていく。

眼にしみる青空。まばたきをするたびに、しゅうっと胸にしみてくる。炭酸の泡がはじけるように、少しいたい。

Ⅳ

ひとり

クーヨンの質問にこたえて

〈うれしくなるとき〉

気持ちが伝わるとき。人に、ドアに、キャベツに、火に豆に風に。花に。そうすると、この地上という緑のテーブルに、おいしい料理がならび、笑いがあふれる。しあわせの種はそこいらじゅうにあります。細かい植物の種が、いつもは土やほこりにまぎれて見えないように。


〈落ちこんだとき〉

あたらしいわたしには、あたらしい落胆があるので、その度に処方箋を変えます。柔らかいものに包まれて眠る。頭から足まで触る。いつもの珈琲をウインナ珈琲にする。甘さやおいしさだけを、感じるようにする。まわりを磨く。文字に書きだす。詩は、薬です。口を三日月型にして、目を閉じればすぐ行ける、こころのレストランに行く。

〈お気に入りのもの〉

すべての白いレース。金色の夕日のテーブルクロスの上で書く手紙。開けたてのバター。あたらしい石鹼。カスタードクリーム。霧の匂い。きっちりした顎の男の人が、笑ったとき、頰に出来る、たての線。年取った女の人の真珠色の皮膚。夢でもらったドロップくらい大きなダイヤモンド。雪。おひさま。

『月刊クーヨン』誌（クレヨンハウス刊）でアンケートにこたえる形で書かれた。

本は窓に似ている

たくさんある本の中から一冊を選び出し、お金をはらい、本を受けとります。本は、カバーの上に輪ゴムがかかっていたり、紙の袋の中に入っていたりしますが、カバンの中には入れません。

輪ゴムをチュルチュルさせたり、袋をカサカサさせて中をのぞいたりしながら、自分のものになった本を、はじめて開くのにぴったりの場所を捜します。

たいていは静かなコーヒー店ですが、ある時は公園の木の下や、バスの一番前の座席だったりします。

そして、はこばれてきたコーヒーの香りの湯気や、揺れだしたこもれ陽や、動きだしたバスといっしょに、本を開くのです。すると本はこころを開き、わたしもつられてこころを開きます。

せせこましい自分に閉じこもっているのにあきて、みんな上手に自分を開いて広々としたところで深呼吸がしたいのです。

本は窓に似ています。どこかへ出かけていけるところなのです。それは、「いってきます」といって出かけていく玄関ではなく、ピーターパンがウェンディをつれ出した窓のように、どんな時でも、どんなかっこうをしていても、何も持っていなくても、いきなり出かけていける窓なのです。

本屋さんには、そんな窓がずらっと並んでいます。あんなにたくさんの本の中から、わたしの本を選んで買ってくれるひとがいるんだなとよく考えます。しっかりしなくちゃと思います。

本は、買うひとが、そのひと自身へ贈る大切なプレゼントなのですから。

きれいな言葉をくりかえし聞く

絵本がいつも近くにあるようになったのは、上の男の子が生まれてからでした。子どもたちはほんとうによく、読んで読んでと絵本を持って来ました。同じ本を何度も読むのです。その時、こんなにも好まれる言葉や本があるのだなと、感慨を覚えました。その頃すでに、物語や詩を書いていましたが、子どもの本というものではありませんでした。

二冊目の詩集『夏のかんむり』を出した頃から、絵本の原作と言葉を手掛けることが出来るようになりました。絵本はこのくらいの年令の子どもに向けて、というおおよその枠を考えることがあります。でも、ある美しいひとつのまとまった珠《たま》のような世界を描き出したい、という理想は詩とよく似ていました。

では、違うところはどんなところなのでしょうか。絵本の出版には多くのひとが関わって来ます。量ることなど出来ない価値を含んでいても、形としてはやはり商品として世に出ていきます。ひとりで詩を書いていくのとは、違う努力が必要でした。何度も話しあい、いろいろな要素を受けいれながら進んでいくのですから。

すべてはこのように、自分とは異なったものとの交流のなかから生まれるものなのですが、静かな詩の世界に戻っていくことが、どうしても必要でした。それはちょうど、自分の部屋に帰るような感じです。

そうしているうちに、詩が変わってきました。言葉がよりシンプルになり、声に出してきれいな言葉を選ぶようになっていきました。二〇〇九年の末に『雪とケーキ』という詩集を出しました。編集にかかったときに、朗読のプロジェクト La Voix des Poètes（詩人の聲）から誘いをうけ、やることにしました。タイトルの音の感じも、聲という字に耳がついているところもいいなと、やることにしました。ひとりで一時間と少し、詩を読みとおすというのも新鮮でした。

二回の会を持ち、詩集は『夏のかんむり』『ブリキの音符』『雪とケーキ』を、絵本は「のうさぎのおはなしえほん」の『いえ』と『みずうみ』を読みました。絵本を読んでみて思ったことは、絵と共にある物語の形をとったからこそ、生まれた詩があるのだなということでした。それは、いわゆる詩の形では出来なかったものでした。

物語が好きになったのは、小さい頃くりかえし耳で聞いたお話のせいでしょう。大家族だったので、伯父が寝る前のお話係でした。おふとんの中で、桃太郎やかちかち山などの昔話や、伯父や父の子ども時代の冒険談を、くりかえし聞きました。また、お手伝いさんがいて、お風呂の薪をくべながら怪談をしてくれました。牡丹灯籠と番町皿屋敷が得意で、わたしはひとりお風呂の中で、はじめて聞くようにその度に怖がり、もう一度お話ししてと言うのです。

朗読の会に来てくれた方のひとりが、「どうして小さい子が、読んで読んでと何度も絵本を持ってくるのかが、今日わかりました。読んでもらうのって、とてもいいものなんですね」と、話してくれました。かつては物語も詩もみな、声にして耳にとどけるものでした。もしかしたらその遠い古代からの記憶が、わたしたちの体のどこかに残っているのかもしれません。

絵を楽しむのはもちろんですが、子どもはいつも耳を澄まして言葉を楽しんでいます。小さい、ひとつのまとまったお話がきれいにくるっと丸くなる感触を、くりかえし確かめています。広い世界に出かけていくと、時にばらばらにされ、何が何だかわからなくなってしまうことがあります。きっとみなその度に、まとまった珠のような世界を確かめたくなるのでしょう。それは、子どもも大人も変わりません。

絵本も詩も、五分あれば読めます。短くて小さくて身軽です。それなのに、ある時、とても大きな働きをします。私は、そこが好きです。

本について

本はやっぱりいいなと思います。いつでも開いてくれる扉があり、重みがあり、背中がまっすぐで、胸に抱えることが出来ます。

お父さんの中に透けて見える子供――『せきたんやのくまさん』

あれこれ考えをめぐらしていて、いつも帰ってきてしまうのが『せきたんやのくまさん』でした。どうして、このぬいぐるみのくまさんが気になってしかたがなかったのでしょう。それはこの絵本をくり返し見ているうちにわかってきました。そう。せきたんやのくまさんは絵本の中のお父さんだったのです。

くまさんはベビーベッドに寝ていますが立派に働いてお金をもらって生活しています。くまさんは、子供のこころを中の方に見えないように包んで働いている、わたし達親の存在を透視して見せてくれていたのでした。

この絵本を子供に読んでやっていたとき、わたしはいつもこのくまさんのことが心配でした。「くまさん、ほんとにひとりで住んでいるのかなあ。階段のところにある写真はくまさんのお父さんとお母さんとくまさんかなあ」と、この絵本の持っている不思議なわからなさにちょっと触ってみるのですが、ずっとそれ以上近づかずにいました。

子供達は、その辺にころがしてあるぬいぐるみと同じくまさんが働いてお金をもらうなんてたいへんだなと思い、親は親でこんな小さい子がひとりで住んで働くなんて、と思います。このように、くまさんはどんなくまさんにもなってしまうのです。そして今回、わたしはくまさんがお父さんに見えてしかたがありませんでした。

お父さんは家族から離れて働いています。飾ってある写真は奥さんと子供とくまさんの写真。それではあの大小三着の服は？　ということになりますが、あの服はどのパターンで考えても謎として残ります。しかしほんとうに、この本は謎と矛盾でわたし達を混乱させ続けます。でもよく考えてみると、人間の存在というのは、このように複雑なものです。あるひとりのひとがお父さんであると同時に、必ず誰かの子供であり、そのまま子供のこころをもって社会の中で働いていかなくてはならない。働いているとき、お父さんは孤独です。家庭のことをいつもいつも考えているわけではないし、くまさんのようにたったひとりで住んでいるような気持ちになったりするのです。この本にはたったひとりで住んでいると書いてありますが、くまさんのではないあと二着の服がかかっているのだから、ほんとうは奥さんともうくまさんより大きくなってしまった子供が住んでいて、先にねてしまっているだけなのかもしれません。この本はまるでミステリーのようなところがあります。

ともかくお父さんは働いて一日の終りにあらゆる怖いものから守ってくれる高い柵つきのベビーベッドで子供になって一日の疲れにさよならするのです。

なあんだそうか、と思ってわたしはほっとしました。くまさんはわたし自身でもあったのです。そこからずっと逃げていたからもやもやと不安だったのです。それに気付くと、カメラのピントがぴしっと合ったような快い気分になりました。

絵本を捜していて感じたことは、お母さんお父さんとは、いつも子供と対《つい》になって出てくるものなんだな、ということでした。汗やおっぱいや涙でくっついている母子関係。とても偉いお母さんお父さん。その中の愛や憎しみ。でも時々わたしはそれが息苦しい。人間関係というものを、あらかじめあるものとして疑わない息苦しさにうんざりするのです。

わたし達が黙って風に吹かれている時、暗闇で眠る時、わたし達はずうっと向うでは何が起っているのかわからない宇宙空間の中に包まれています。たったひとりで。

わたしはそんな神聖な輝かしい「ひとり」を、この『せきたんやのくまさん』に感じます。そして、あのせきたんやのくまさんの持っているひとりを、子供達はちゃんとわかっているのです。母親は生んだとたんにあんなに不安になり、ひとり生まれた赤ん坊は、夜昼かまわずあんなに泣いたのですから。だから子供はくまさんのことがよくわかり、心配で、好きになってしまって、幾度も絵本の中のくまさんに逢いにくるのです。

わたしは父と母の間に生れ、子供を二人生み、最近父を亡くしました。ああもう父は年をとらないのか、とはっとしてしまったのですが、父がひとつの珠のようになってしまってみると、どの年代をとってみてもそのひとなんだということがはっきりしてきます。でもわたしはすでに子供の頃から、父がせきたんやのくまさんのように、子供のこころを親としての責任で包んで働いていたということに、薄々気がついていました。そしてわたしの二人の子供達ももう気がついています。きっと。子どもって案外大人なのです。

まだ二人が小さかった頃、寝間着の上にセーターを着せてよくこの本を読んでやりました。子供達は重い石炭袋を「どかん　どかん」とおろし「一コ　二コ　三コ」とお金を数えながらもらい、家に帰ってお茶をのむくまさんに自分や、親の姿を重ねて見ていたことでしょう。子供は絵本を読んでもらうまで、親は絵本を読んでやれるまで、ほんとうに一日たいへんでした。みんながそれぞれに、日々けなげなせきたんやのくまさんだったのです。

二人は大きくなり、絵本を読んでやることはなくなりましたが、家族がふとんに入ってからひとり机に向う時間は変っていません。

「おやすみ」

そして電気スタンドの下でわたしはわたしのお茶をのみ、万年筆にインクを入れます。さっきまでうるさいほどにぎやかだった家族は眠ってしまうと、ずうっと向うにイコンのように遠くなり、まるでくまさんの家にかかっている写真のよう。

書きものにひと区切りがつくころ、わたしは眠くなります。それから母親や奥さんや作家の役を「どかん　どかん」とおろし、子供の頃と同じひなたの匂いのするふとんの中に入って眠ります。


絵本『せきたんやのくまさん』は、フィービとセルビ・ウォージントン作・絵、石井桃子訳、福音館書店刊。

ほんとうのことを知っているキツネ――『星の王子さま』

ここには、ほんとうのことがいっぱい書かれています。家くらいの小さい星に住んでいる王子。このお話を読むと、わたしたちも寄る辺ない宇宙に、ひとりひとり浮かんでいるんだ、というほんとうに気付きます。ほんとうのことは、ときに、ほんとうにかなしい。王子は自分の星が、ひざの高さの活火山と、休火山と、どこにでもあるバラが一本だけあるちっぽけな星だと分かったとき、つっぷして泣きました。

ほんとうのことがいっぱいの、この本はだから、ずいぶんかなしい本です。でも、王子は次の場面で、「とてもきれいなふうしてる」キツネにあいます。キツネは王子に、ともだちになってくれないか?といい、もしなってくれたらと、こんなことをいいます。

「……ほかの音がすると、おれは、穴の中にすっこんでしまう。でもあんたの足音がすると、おれは、音楽でもきいている気もちになって、穴の外へはいだすだろうね……」

かなしい、ほんとうのことを知った王子は、かわいくて、やさしいほんとうのことを知っているキツネとともだちになり、はじめて、おひさまにあたったような気もちになります。キツネがでてこなかったら、わたしはこのお話を好きにならなかったでしょう。また、濯《あろう》という明るいさらさらした名をもって九十四歳まで生きた訳者が、早く亡くなったサン＝テグジュペリを、長命者独特の耀きで包んで訳しているところが、王子とキツネの関係のように、素晴らしいと思います。

「星の王子さま」特集に寄稿された。

天使の骨格

クレーが体を曲げて立っている。頭が逆さまになるほどに。楽しそうに。土から出たばかりの芽のように。カメラの前であんなにあどけない形をとる大人を、見たことがない。線描の天使は、クレーの体の中にあったのだった。

天使はひとの姿をしてやってくる。重要なのは骨格だ。ひとの骨格のかげにもうひとつ天使の骨格を持っているかいないかを、見抜かなければならない。天使とは、使われるためにやってくる者。ある、慎み深い働きのこと。ただ自分を見てもらいたくて、ひたすらひとの前で立ち働く贋物が何と多いことか。

クレーは描き出したのだと思う。不透明なひとの体の中から、静かに透けて見えてくる、天使の骨格を。

クレーの写真を見て、それから遠くまで行って、久し振りに絵の前に立った。絵はみな眼の高さにあった。まるで誰かに向い合うように。

奥の奥の遥か遠くからひかっているので、絵が床と中空に映り込んでいる。わたしはずいぶん長い間、クレーの絵の中を素足で歩いた。

絵はいう。こんな色を知っていますか。こんな線を知っていますか。はい、知っています。日々の暮しにいそがしく、こんなきれいな光の組み合わせを、甘い実を、やすやすと手放してきてしまいました。

絵は四角い顔の、天使なのだった。

画家、パウル・クレーの特集に寄稿された。初出の誌面では、深く体を折り曲げながらこちらに向かって微笑むクレーの写真が添えられている。

萩尾望都「ポーの一族」をめぐって

ケーキの箱の底のような小さいわが家の庭。

そこにある日、木瓜《ぼけ》の木がやって来た。一方だけ下まで広くあいている西側からひかりが入ると、枝の片側全てに金色のひかりがあたり、低い草花だけだった庭に大きな明りが灯ったように、にぎやかになった。


わたしはそれを見て、空間に何か在るということは明るいことなのだと知った。まわりにいてくれる友人、知人、家族のみなが、わたしの明りとして存在していてくれるのだと思った。丁度同じ頃に友人がなくなったこともあって、庭に出現した木瓜のことが深く心に残った。不在を思い出すと同時に、木瓜の明りのスイッチが入るようにセットされたのだ。

誕生し、生き、やがてきえて行く限りある時間を鞄に入れてわたし達はいつか旅をおわる。それはいったい、どういうことなのだろう。生命《いのち》とはいったい何なのだろう。雑然と散らかった日常の中にいては、何がほんとうで、何がまやかしなのかがわからなくなってしまう。そんな時、ひとは架空の町、庭、ひと、神や天使や悪魔や異形の存在を創り、日常の中で押しつぶされてしまっている「ほんとう」を、そこへ転地療養させなければならなかった。

それがファンタジーの始まりなのではないだろうか。自分を映す鏡として、どうしても他者を必要とするように、ひとは、その存在を映すための鏡として、ファンタジーを創り出したのではないだろうか。

わたしは、いったいどこから来たのだろう。今ここに生きているということは、はるか昔に繋がっているひとびとがいたということ。ここから繋がる遠いひとは角髪《みずら》に勾玉という姿をしていたという事実にわたしは魅了される。そのせいか、時間の学問である歴史が好きでいつもいい成績をもらっていた。

萩尾望都の「ポーの一族」は、時間のファンタジーだといえる。絶え間ない変化の中に生きていくひとの生命を映すために、十四歳のまま三百年にわたって生きる少年、エドガーが登場する。「ポーの一族」は少女漫画という狭い枠をやすやすと超えるファンタジーの傑作だ。連れていかれてしまうのだ。

西洋文明が生んだ異形、吸血鬼《バァンパイアー》という形を使ってはいるが、牙で首に嚙みついて血を吸うという無粋な形式を注意深く避けている。

また、バァンパイアーを、バァンパネラと言い換えるような繊細さがいたるところに用意されていて、時空を超えて現れる亡霊の物語が大半を占める能に通じる落ち着きと気品を生み出している。


十八世紀イギリス、エヴァンズ伯爵の愛人の子である七歳のエドガーと、三歳のメリーベル兄妹は、伯爵夫人の命で殺されかけるが、はたされず森に置き去りにされる。そこはバラが咲き乱れる吸血鬼の村で、二人はポーという不死の一族に保護される。エドガーは、メリーベルを人間の世界に帰して欲しいといい叶えられる。エドガーが十四歳になった時、一族の長老から純血が注ぎ込まれ、ポーの一族に加わる。

妹は十三歳まで成長するが、幸薄い妹を見て懊悩の末に妹を一族に加えてしまうエドガー。二人は擬装の父母と共に、時を超えて生きるが、ある日バァンパネラの身が発覚し父母は風に散り散じてしまう。立て続けにメリーベルも銀の弾丸にあたって散り、エドガーは世に絶望した友人のアランを一族に引き入れる。ぼくとくるね、ひとりではさみしすぎる、と。

エドガーが二人を連れて行く場面では、まるで花束の中で二本の花が、花びらの湿り気で絡まって解けなくなっている時のように首と首が交替する。そして、指の先が首筋に触れただけで、生気《エネジー》が交換されるのだった。

血とはいわず生気《エネジー》としてある所が多くあった。ひとの血を吸って生きる異形の者ということで恐れられる彼等ではあるが、いったいわたし達人間は、自分以外の生命から生気をもらわずして、生きていけるものなのだろうか。

このように、金属の鏡に浮き彫りにされたようなバァンパネラの物語が、わたし達を映し出す。不死の一族のモノクロームは、生命に限りがあるということの眩しさを映し出してくれるのだった。そして、映す方と映される方がだんだん混じっていく。

植物の蔓のような、水のつくる渦巻きのような、見事な曲線を描くエドガーの巻き毛に見とれているうちに、エドガーの孤独が、わたしの中に棲んでいる孤独と重なって混じっていくのだ。

孤独は、みすぼらしい恥ずかしい形をしているものではなかった。巻き毛に指を差し入れて下ろすと、髪の房はぷるんと跳ねて、少しも乱れずに元に戻ってしまう。そんなすこやかな髪を持っていた。髪が空間に燃えあがるようになり、上段の場面に広がっていくところをみていると、そうだ孤独とはこのように、悠々として大きく、広く在るものだと知らされる。

エドガーと同じ巻き毛はくるくるとエヴァンズ家に流れていった。そして三百年の間彼等は何度も同じ巻き毛のひとびとの中に出現する。

エドガー、メリーベル、アラン。

家系の樹の中を自由に飛びまわる小鳥のように。

しかしやがて、メリーベルとアランはきえ、純血のエドガーだけが残る。物語は長い夜のはてに訪れた明るい朝のような場面でおわる。そこには、エドガーのモノローグが、短いフレーズであちこちに散りばめられているのだった。

遠い過去へ帰ろう、と何百年も明日へ明日へと生きてきたエドガーがいう。もう明日へは行かないと笑いながら。なつかしいひとの名を呼び、帰ろう時を飛んでとつぶやく。

アラン、メリーベル、オズワルド、お母さん。

生きているひとも、いないひとも——。ほんとうはひとつになって、生きているのではないだろうか。

朝、眼を覚ました時、わたしも呼んでみることがある。今も昔もこれからも、わたしを照らしてくれる太陽でありつづけるだろう、ひとの名を次々に。

ひかりのはこ

わたしは
ひかりのはこのなかにいる。
いくつかの窓があり
ひかりを誘う柔らかい
壁に囲まれている。
すべての柱や梁《はり》の
すみずみまで
とどくひかり。

それはいくら厚く
服を着ていてもとどく。
水からもらったひかり
火からもらったひかり
風からもらったひかり。

それはいくら重い
ゆうつうのオーバーを
着ていてもとどく。
ひかりは
きらきらとたのしそうに
はこの
あちこちに触れて

音を立てる。
永遠のひかりは
限りあるものに触れて
きれいな音をたてる。

V

ひかり

あたらしいノートへ

あたらしいノートへ。このノートの中にたくさんほんとうの形が結ばれますように。それは空の中で結ばれ地上に落ちてすぐに解かれる雪の結晶のように、いつまでも形を残さなくてもいい。雪がただ白いということが見え、白い色の中にしまわれた結晶が、見えないひとには見えなくていい。結ばれてすぐ解かれる形の清々しさを祝福する、場所になりますように。

記憶の種子をついばみながら——なつかしい丘をのぼる

気がつくと窓が緑色に変っている。箱の中を見わたすとそれぞれがひとつの四角い空間の中で眠っている。わたしは木のほらで眠るりすや鳥を思った。列車の人々はひとり、ひとりと眼をましていった。

窓の外は緑色にどんどんふくらんでくる。なんというしっとりとした土地であろう。世にきく北上川はこのような柔らかい形であったか。こころにはきっと、こういうふちまでびっしり草の生えた川が流れている。北上川は見えては失せまた現われたが、その間に乗客は風呂敷包みを開いては包み、上着をぱたぱたさせて羽づくろいをすませると、小さい駅ごとに木からおりるように音もなくおりたっていった。

七月七日、七夕の花巻は地上に降りてくる水の星、靄《もや》であった。霧は濃く細かく、だが私の服は少しもぬれることなく北上河畔の「イギリス海岸」についた。ノートの上にも霧は降りしきり、そして決してインクの文字をこわすことなく紙の上に球体をつくってゆく。泥岩の岸に降りて、爪で傷をつけてみると意外に柔らかい。修羅のなぎさは柔らかく、たいへん滑りやすかった。滑らぬようにその不思議な地面のしわの上を歩いていると、滑るから気をつけなさい、と声がする。土手を見あげると、一本の木と腰が大きく曲った老婦人が立っている。わたしたちは丸太のベンチの端と端に座り話し出した。半分は濃い方言のためにぼんやりかすんでしまっていたが、そこだけ浮きあがったように聞こえてきた言葉がある。「今はだめでもきっとよくなる。ころは必ず通じるものです」

その人は土手にくっついている三角形の斜めになった畑を見せてくれる。畑の土の慈しみのためにその人の手は二十歳は若い。可愛がっている山羊と、可愛がっているにわとりとうさぎと犬を見せてくれる。わたしが可愛いとほめると山羊の乳をしぼって飲ませてくれた。農家の庭の木立の間からもれる川の輝きを見ながら乳を飲んだ。庭から川へ走り去ってゆくかげがある。雌のきじであった。

午後、釜石線に乗って遠野へ向かった。まだ岩手の山は見えない。帰りのバスがなくてあきらめた種山ガ原のことを思っていた。緑色のするどい葉を持つすすきが体の中でざわざわ鳴っている。ぎっしり乗っていた高校生の黒い制服がすっかりなくなる頃、渓谷が開き岩手の山は姿を見せた。

遠野は少し歩くと山にぶつかりそのいたるところに神仏がまつられ、またいたるところから水が涌き出している土地だった。わたしは夕暮れの山に羅漢を見るために登っていった。神社を通り山に入ってゆく。曲面のまま作られた優しい畑。どこかで見たことがあるとしきりに思われる。夏の夕暮れの温まった葉っぱ。いくつもの手のような。

高い草の間をわけて五百羅漢を見つける。大きな石に幼い顔をひとつ彫っただけの羅漢は無造作に積みあげられ、苔がむしている。その打ち捨てられたありさまはかえってひとの短い命と限りなく続く思いのたけを深く伝え、芯が震えた。暗くなってゆく中でその人の形の重なる下から聴こえてくる声、永遠に幼い泉の声を聴いた。

八月。いつもはゆるい関東平野の勾配を登って桐生へ帰るのだが、この夏は信州から美しい妙義の首筋を見ながらぐるぐるまわっておりて来た。その日も雨で桑畑は瞋《いか》ったように蛍光を放っていた。

あけた日の桐生の山々は濃密な夏の光に包まれていた。山というよりは丘といったほうがよい低い山だ。丘は山の幼年形、と思う。そしてこの丘に登る時わたしは子供の日のことを考える。

水道山は水道を一度この山の高さまであげ、街に水を網の目のように送りこむ仕掛けがしてある。なぜか雪が降ると必ずこの山に登った。

丸山へ登る道は山くずれで閉ざされ、渡瀬川へ下りてゆく道の多くも閉ざされた。墓地のわきを通ってゆく道だけが残されている。岩手で見そびれた「さいかち淵」のさいかちは意外にも水が少なくなって浮きあがった川中島で見ることができた。腰までつかって島へ行き幼木の中へ入ると、そのあたりはかつて川底であったらしく無垢な白い砂地だった。

墓地のある丘は草の生えない壊れやすい赤い石でできている、今も昔も一番明るい場所だ。この丘から道がくずれて登れなくなった丸山を見る。白髭《しらひげ》神社を通りさつま芋畑を通り、粉々になった草の上にわたしたちは小屋を作って遊んだ。小屋を作って遊ぶ時は夢中になり帰る時はいつも夕暮れだった。向こう側に墓地が見えた。今はなつかしい人々も眠っている丘。急勾配を草にまかせて滑りおり、渡瀬川をわたって二つの丘の間を走っている線路道を帰り始める。浮きあがっている寒天質のシグナルの眼。両わきには羊歯がぎっしり茂り、それをとって手の中でもむと林檎の匂いがした。ほら林檎の匂いがする、と、そこを通る時は必ず今気がついたように誰もがくり返し言うのだった。その頃のわたしたちは小鳥のかたちをしているように思えてならない。記憶の実をあちこちついばみながら幼い日のわたしはわたしに近づいてくる。

あなたが生まれた土地はどんなところですか、と聞かれるとわたしは両手を前に出して丸く囲み、指先の所を少しあけて、この中が街、手の間から関東平野が向こうへ広がって、手と手のまわりは山です、と答える。あなたはどんな土地ですか。通りにはいさかいも祭りも病院もあり夜もチカチカ光っています。右の手の内側は渡瀬川。足尾から黄鉄鉱も雲母も流れてきます。額のあたりは吾妻山。頭の後ろは鳴神山《なるかみ》。左の肩の向こうも山です。涯が見えないくらいで、道もなにもない山が岩手の山まで繋がっています。

そしてそこには柔らかい川が流れている。なかなか行けないビロードの柔らかい、こころの川が流れている。

イギリス海岸は、宮沢賢治が命名した北上川西岸で、第三紀の泥岩層が露出している。「さいかち淵」は賢治童話のひとつで、豊沢川沿いのこの地は「風の又三郎」にも登場する。

子供からの夢のほうこく

子供がはじめて、夢を見たとほうこくして来たことがありました。その時ああこの子ももう何かを思っているのだと胸がいっぱいになったのを憶えています。その夢は、幾日か前に自分で拾った三センチくらいのゴム人形が子供が眠っているところへ来て「寒くない？」と言ったのだそうです。それを聞いた時、人形を泥にまみれて捨てられていた神さまのように感じました。そして少しあとになって、「寒くない？」と言っては子供を追いかけて服を着せてまわっている自分にはっとして、わたしだったのかと苦笑しました。まだ言葉も何もわからないうちから言い続けて来たのでしょう。

子供のことというと、やはり生命のことを考えます。子供の生命の入った子宮がカラスウリの大きさからスイカの大きさになるまでひとりの人間の中で生長してしまうということ。その様子はどこか遠くからやって来る意志のもとに事がどんどん進んでゆく、という感じでした。

　時が満ちると痛みがやって来ます。やがて子供が生まれてくるのですが、生まれると同時に一体になっていたものが別れるわけです。またほとんど同時に同じ苦痛の中から放たれたものが別々のものとして会い、抱擁します。

　そこでまず思うのは寒くないか、ということでした。おなかに入っていた時はあきれるほど生む自覚がなくて、実際一体となっていればわたしの体があたたかく、ぼんやりしていればそれでよかったのですが、いざ生れ出て来てしまうと別の人間になってしまうということで、あらゆる実感を駆使して子供はどう感じているだろうと、ひたすらおろおろし始めるわけです。

　こう考えて行きますと、ひとを心配するのはその心配している相手に、これと同じような誕生の思いを持っていることに気がつきます。ガラスに両方から煤をいっぱいにつけたとしますね。これは生きている間の悲しいことやなにかです。そしてその一部を人体の湿った指できゅっとぬぐったとします。同時に両方から。そうすると向うが見えます。相手がそこにいます。これは出産の痛みから解放されて子供を見る時の感じとよく似ているように思うのです。ひとに会うということは互いに互いをあたらしく生むことのように思います。

　よく子供は生れて三歳かあるいはもっと短い間に親に未来の恩までかえししてしまうといいま

す。子供がどんなひどい苦労を親にさせても生れてしばらくの間の至福でそんなことはすべて覆いつくしてしまえるほどのものだ、ということなのでしょう。

そして、ひととひととの関係もそうです。このひとはわたしが見たはじめてのひとだ、という実感があれば、関係が滅びてしまったように見えても、その誕生において滅びないと思うのです。

でもやはり失うという感覚、移ってゆくという思いに悩まされます。父や母から生命が移って来て、そしてやがて移りきってしまうだろうと思った時、子供を生もうと考えました。だから喪失感の激しい時は何とか誕生のうれしさを得ようと出かけます。たったひとりで。裸でないと木は会ってくれません。他の何でもがそうだと思います。

十八年ぶりに山へ行きました。見あげる山の端の木がゆれて、黄色く滅びながら青い空になってまた生まれなおそうとしているようでした。この時はじめて地上というものをあおぎみた気がしました。こんな美しいところを去ってゆくのがおしい、と思いました。この日わたしは、枯れ草や枯れ枝の中に生み落とされた、知らない鳥の卵のように自分を感じました。

仕様のない事をして、ずいぶんひとを苦しめているのに、よく見れば隠されたたくさんの幸福に守られているのですから、憎しみの面差《おもざ》しで見られたり、大好きなものを見ている前で奪われていっても、みんな受けいれなければならないのかもしれない。

こうやってくり返す、つきることのない喪失と誕生の思い。この思いは生れてこのかた、いつからあるのでしょう。

こうやって子供の夢に、「寒くない？」という心配のレールをつけたのはわたしだったけれど、そのレールをとおってこれから次々にやって来るだろういろいろなひとからの愛情を、そこに感じていました。

はじめて見る夢があんなやさしい夢だなんて、もしかしたらこの子は幸福かもしれないと、その時思っていました。

野菜といっしょに

わたしは夕食のための野菜たちを隣りの椅子に座らせて珈琲を待っていた。何てきれいなひかりだろうね。わたしは野菜たちに言う。

街道ぞいのガソリンスタンドや信号や、看板や本屋の前の自転車にあたるひかりもきれいだったけれど、充分ではなかった。

ひかりを入れる、もっと良い器が欲しくて、円天井があり、その下に円いテーブルが三つ並ぶ店に入ることにした。道側の窓は、縦に長い七つのガラス窓でカーブを作っている。真っ直ぐの窓にすれば済むところを、少しでも楽しく快適にとカーブさせた優しい形。

ひかりが白樺の葉に触り、窓ガラスに触り、水玉レースのカーテンに触り、わたしの手と胸と網膜に触り、奥の方に隠れている不安に触り、大丈夫よとささやきかける。

白い服のウェイターが、注文したとおりのいつもの蓋つきのカップを運んできた。この頃、思いや言葉がとどかないことがある。私は言ったとおりにやってきた熱い珈琲でつめたい両手を温めた。

さあ帰ろう。きれいな一日のおわりだったね。野菜を椅子からもちあげて、席を立った。白い服の男の子が頭を下げてありがとう。銀貨幾枚かで、部屋いっぱいの金色のひかりつき珈琲。こちらこそありがとう。わたしも野菜といっしょに頭を下げた。

広い世の中へ出かけて行く

あるとても寒い日。風邪ひきの友人にカリンのハチミツ漬けをとどけに隣りの駅に降りた。ドアの前に手紙と瓶を置いて駅のロータリーにもどると、ガラス窓から陽がいっぱいに入るカフェが目に入った。わたしは店の窓際で雪の女王の後半を読むことにした。

前半はこうだった――。悪魔の発明した鏡が砕け、それが地上にはびこるようになる。きれいなものは小さくつまらないものに、みにくいものは大きく映る悪魔の鏡は、窓ガラスや眼鏡になり、また、細かく砕けて人の目の中に入り人を変えてしまう。この書き出しを読んだ時、わたしは、人が人に、人が自然にしてきた数々の冷酷な仕打ちの歴史を思い出した。

物語では、悪魔の鏡のカケラはゲルダという女の子の友達の、カイという男の子の目の中に入る。

「あっ、いたっ！　胸のとこを、なにかに、ちくりとさされたよ。目の中に、なにかはいったんだ」

鏡のカケラが心臓に入ると、もう痛くない。カイは頭だけよい嫌な意地の悪い子に変ってしまう。そのカイを冷たさで雪の女王が包み連れ去ってしまう。

そしてゲルダはカイを捜して、ひとりで広い世の中へ出かけて行くのだった。靴をあげるから、カイがどこへ行ったか教えて、と靴を川に流してしまい。靴下だけの裸足で春夏秋と歩きまわり山賊に殺されそうになる。ここからが後半だ。

ひげの生えた女の山賊がゲルダを殺そうとすると、女の山賊の娘である女の子が耳にかみついてゲルダをたすける。

「この子は、あたしとあそぶんだもの……そして、あたしの寝床でいっしょに寝るのさ」

娘は強そうでまっ黒な目をしていたが、どことなく悲しいようすだ。娘は、

「あたし、おまえがきらいにならないうちは、だれにも殺させやしないよ」

という。ゲルダが大好きなカイを捜してここまで来たと話すと娘は、

「おまえがきらいになったって、だれにも殺させやしないよ。そうなったら、あたしが自分で殺すから！」

とゲルダの涙をふいてくれるのだった。この娘は、荒っぽい振舞いの下に恥じらいを隠しながら、生きている人間の持つ体温でゲルダをあたためてくれる。

「あなたは、寝ているあいだも、ナイフを持っているの？」

とゲルダがきくと、

「寝ているときだって、ナイフは持ってるよ……何が起るか、わかったもんじゃないからね」

と答え、娘はゲルダに、この広い世の中へどうして出て来たかをもう一度たずねるのだった。


この娘の登場によって、アンデルセンのイメージは一変した。人魚姫やマッチ売りの少女を、どうも好きになれなかったわたしは、ここへ来てアンデルセンの胸にささった鏡のカケラがとけていくのを感じた。そしてわたしのそれも。こんな風な生き生きとした人と人との交流を他の作品では見つけられなかった。


「どうだっていいや」

と大切にしているトナカイをゲルダにやり、足には毛の長靴をはかせてやり、

「めそめそするのは、ごめんだよ」

と、ほんとうはいっしょにいたかったゲルダに別れを告げる。この、どうだっていいやには泣いてしまう。

このあと、フィン人やラップ人の女の人にたすけられ、ゲルダは氷の野原を行く。トナカイに乗るとき、あわてて靴を置いてきてしまったゲルダは、裸足のままカイに逢い、カイの胸の上に涙を落す。すると涙がカイの心臓の中にしみ込んで、氷のかたまりをとかし、その中にあった小さい鏡のカケラをくいつくしてしまう。カイはわっと泣き出し、鏡のかけらが目からころがり出る。それでいつもの神さまの讃美歌になるのだが、この話ではつけ足しにすぎない。悪魔の鏡とは、人工物、人間の創り出した悪のことだった。それを人間の力でとかしていくところが、神によってやっと救われる人魚姫の話と全く違うところなのだ。

ゲルダの涙は、山賊の娘に代表される、人間の体温に守られ、凍っていたカイの心臓までとどけられたのだった。また、雪の女王に象徴される自然の力も、もう一方の力だった。

ハトやトナカイと暮す黒い目の山賊の娘、フィン人やラップ人の女の野性は、自然と共生する人間として描かれていて、つくづくよく考えられた物語だと驚かされる。

アンデルセンは旅行が好きだったらしい。わたしはあちこち移動しながら、この物語を読んだ。隣りの駅のカフェで、急な金沢行きで乗った列車の中で。うとうとしていてぱっと目を開けると、まわりはまっ白だった。大糸線の信濃大町からは吹雪になった。もう三月も終るというのにまた冬の中へ入っていくようだった。列車が吹き飛ばす雪で下半分が白い窓のそばで、わたしは山賊の娘のせりふに鉛筆のしるしをつける。

娘は、カイをたすけることが出来たゲルダと再会する。キラキラ光る赤い帽子をかぶり、腰にピストルを二ちょうさしている。そして、また逢おうと約束し、「広い世の中へウマをとばして」行ってしまう。

　裸足のゲルダと、ナイフを持って寝る山賊の娘。この二人は、女の子がひとりで広い世の中へ出て行くときの大切な二つの要素なのだ。わたしも広い世の中へ出ていって、雪にとどいた。

　雪はほんとうにいい。小さい鏡のカケラを氷に変え、春といっしょにとかしてくれる、白い冷たい雪。

文中の引用は『マッチ売りの少女　童話集III』（矢崎源九郎訳、新潮文庫）より。

太陽のように自分でひかる

指先がひんやりつめたいこの頃。青空のまん中に太陽をみつけると、ああ、温かいと深呼吸をします。そして長くなった夜には低いスタンドの明りとロウソク。ロウソクは夜になると訪れる太陽の子どもなのです。

ロウソクが身近になったのは、三十年ロウソクを作り続けている友人のお母さんの存在を知った頃からでした。はじめは、きれいなロウソクとしか感じていなかったのですが、ある日、ロウソクを作ることの中に存在する、ひとつの「考え」に気づいたのです。

彼女の作るロウソクは人がひとりひとり違うように、同じものはひとつもありません。そして、明りを楽しむと跡形もなく消えてしまいます。人の部屋を明るくし、笑顔を生み出して。何て清々しいのだろう。ロウソクは、自分に贈られた贈りものを大切に使いきり、まわりを明るく照らし一生をおわる人のようだと気がついたのです。何かを表面でだけとらえていた時と、奥の方まで透きとおして見えて来た時との違いでした。

ロウソクを作り始めたのは、三人の子どもが育ちあがった五十過ぎからだそうです。火を灯すと下に落ちてくる円い平らなしずくや、燃えのこり。それをはがしてまん中に穴をあけ、芯にとおして重ねていったら、あたらしい一本のロウソクが生れた。それがはじまりなのだそうです。

クリスマス前のある日のことでした。幾つかのクリスマスプレゼントを彼女のロウソクにしようと、神楽坂まで出掛けて行きました。たくさんの人でにぎわう画廊には、バラの花の形、白いスケルトン。大小さまざまなロウソクが並んでいました。やっと選びおわって包んでもらい帰ってくると一本足りません。画廊のオーナーが別の人の包みに入れてしまったらしいのです。友人に電話をすると作り直します、といいます。それならばと、あと五本注文しました。

そしてしばらくすると、お菓子の箱に何段も重なっている愛らしいロウソクを抱えて、友人が国立まで来てくれました。頼んだもの以外のものもあって、またたくさん買いました。

一本紛失するというマイナスの出来事が、箱いっぱいのロウソクがやってくるきっかけを作ったのです。物事の表面のもっと奥に、不思議に美しい形をした規則があるのだなと、その時感じました。

なかなか火をつけられなくて、順々に窓辺に飾って楽しみました。嬉しいことがあっても哀しいことがあっても、したたり落ちたロウの花びら。哀しいことは淡い青灰色の空の色。ピンクやオレンジの色の中に重ねて入れてやるとロウソクの色が慎み深く翳り、明るい色をもっと輝かしいものにします。

創作ノートが一冊おわったので読み返していたら、鉤括弧の中に名前をつけられて、きれいな出来事が点在していました。例えば《灰色の地に花柄の日》は、朝からまっ暗な日に鮮やかに咲く花のこと。《もっとやって来たロウソク》は今書いていること。他に《あげなかった花束のこと》《空のプール》《雪の日の窓辺で》。みんなわたしの、ひとつしかない人生からこぼれ落ちたロウのしずく。まん中に穴をあけ、重ねていくとある日、「わたしよ」と小さい詩のロウソクが立っています。

書きとめておかなかったら、人生を使い捨てにしてしまうところでした。ノートを見返すといつも、訳もなくよかった大丈夫だと思うのです。

そして――。詩の頭に火を灯します。ロウソクが夕食のテーブルを照すように、わたしと人々を祝福したい。ロウソクも詩も使うものです。ともに小さいけれど、太陽のように自分でひかります。

リーフレットにそえて

久し振りにリーフレットを発行します。一九八四年の十月が初版で、通算十九回になりました。始めは「深い深い夢はわれわれを見る」として、十回。つぎに「エンジェル」として九回めです。

リーフレットを出してきた間に、仕事として絵本のテキストやエッセイや物語を書いてきました。人と一緒にする仕事は、思わぬものを生み出す歓びでいっぱいです。でも、森のみちをとおって一部屋だけの小さい家を持ち、そこへ帰ってほっと一息するような場所がリーフレットでした。

家のまわりは緑のクローバーで覆われ、そこに一本の木が立っています。わたしは木の下に小さいテーブルと椅子を置き、詩をつくるのです。そこには、「お嬢さん、ひとり?」なんていって近づいてくる変な人は、決して入ってこられません。ポエトリーの柔らかく厚く透明なフェンスがはり巡らされていて、とても安心なのです。のうさぎや、鹿の茶色い目がじっと見詰めていたりして。ポエトリーの透明なフェンスとは、過去の詩人たちが守り続けてきたものです。何から？　俗物から、物質主義から、常に数の多い方になびいて省みない者から、優しいふりをして人を傷つける、決まり文句から。

リーフレットLeafletとは折りたたみ式の簡単な印刷物の意味ですが、リーフ、葉っぱ、ということだとずっと思ってきました。この、二枚重ねた言葉の葉っぱを、二つに折って送ってきました。送る人がいてくれたことに、感謝します。

（無題）

よく晴れた明るい昼間なのに、
何て暗いのだろう、という日々が
続きました。
久しぶりにリーフレットを
出します。
書いていることはみな、小さな
ささやかなこと。
でも、その小さな流れには
水車がかかっていました。
水車がまわると、

フィラメントがひかり始めました。
『ひかりのはこ　4号』を送ります。

絵本のそばで

たとえば、すっかり忘れた頃、もたらされる誠実な返信。わたしは、そんな何気ない出来事こそ、人生の結晶だと思っている。複雑骨折をしたような関係が至るところにある世の中から、ひそやかに正しく結ばれたきれいな形を救い出したくて、詩のそばにいた。

リーフレットと呼んで、薄い個人詩誌をつくり、手紙のように人に送っているうちに細くて柔らかい水脈が育った。それが知らないうちに、絵本のほうへ伸びていった、という感じだ。だから、絵本もまた、大切な結晶を救い出してしまっておく箱なのだと考えている。

よく、わたしの絵本が大好きだという子と、お母さんに会うことがある。お母さんが子どもに、「『もりのてがみ』を書いた人よ」といっても、子どもはぽかんとしている。「そんなこと、どうでもいいよね」と、わたしは笑って子どもにいう。そんな、誰のものでもない言葉を、幸福だと思った。わたしの思う、ほんとうの詩のありように添うものだった。

わたしも、よく絵本を読んでやった。両親が仕事をしていたので、子どもも保育園に行くという、お仕事をしてもらうことになった。夕食をとりお風呂に入り歯磨きをすると、一日の仕事がやっと終わり、絵本の時間になる。小さい家だったから、本棚の前に布団がしいてあった。寝間着の上にセーターを着た二人をぴったり両側に座らせて、何度も読んだ、『よあけ』『あおくんときいろちゃん』『りんごのき』『ちいさいおうち』『せきたんやのくまさん』『ぶたぶたくんのおかいもの』。

母親の声で読むということは、子どもの深い安心につながるらしい。お腹の中にいる時から聴いていた声だからだ。絵本は、人と人とがこんなにも近くで生きる短い期間を、十分に楽しむための、ひとつの装置だと思う。

こんな、絵本に対する敬意と感謝が、今度は自分がやるということになった時の、橋渡しになってくれたのだろう。

美術やダンスの中で、視覚的なことを学んだ。絵は下手だが必要に迫られると描く。『はるはおしゃべり』では、埴沙萠の芽生え写真をたくさん見て、印象深いものをスケッチにおこし、構成した。繊細で柔らかく、それでいて強い、子どもにそっくりな芽たちを見ていて、とても刺激された。栗の赤い芽が三つ横に並んでいる写真には、「だんだんはるになるね　なんだかむねがどきどきするね／わたしも／わたしも」という言葉をつけた。『もりのてがみ』。リーフレットを、ひたすら人に送り続けた。しかし、読んでくれているのか、いないのかわからない。でも、詩集『夏のかんむり』にまとまったとき、声をかけた人の総てが来てくれた。この時のことが、重なっている。「すっかり忘れた頃、もたらされる誠実な返信」という、結晶の形だ。この頃から、小さい、場面割りのラフスケッチを描くようになる。出版社に、こんな感じで出来ると納得してもらうために。健が描いた絵の中のおもちゃ、わたしが作ったぶたぶたくん。アラジンの石油ストーブがなつかしい。手紙のところは、下の女の子が一年生のときに書いた字を何枚も複写してばらし、一字一字張りつけて作った。片山健との初めての共著。後ろで見ていられて、きつかったそうだ。

上の男の子と、二人で過ごす時間が長かった頃のこと。ぶたぶたくんの次に、今度は馬を作って、作って、作って、と四六時中いわれた。「うん、いいよ。でも、ちょっと待って」。やらなければならないことが、山積みの毎日。そしてやっと、ぬいぐるみの馬にするきれを買いに行った。「ぼくね、あの時のこと、はっきり憶えてるんだ。きれを買って、バスの一番後ろに乗って帰って来たんだよ」と、大きくなった男の子が何度もいっていた。その時のことが、『たのしいふゆごもり』につながった。子熊を寝かしつけたお母さん熊が書いているものは、家計簿ですかと訊く人がいるらしい。いいえ。詩を書いています。

ある、たいへんに深刻なことがあって、朝早く出掛けなければならなかった。どうしても、すぐに電車に乗れない。駅前の白十字に入り、明るい窓際でコーヒーを飲んだ。その時「おいしいひかり」という言葉が生まれ、『ふしぎふしぎ』が出来た。仕上がった長新太の絵を見たわたしは、いろいろな人に、「何ていうか、優しいのよね」といった。

時々、人の関係が寒いと思うことがある。そんな時、わたしの周りにいてくれる人は、温かい服だ。『もりのセーター』はそんな絵本。心遣いは、ほんとうに体や心に沁みていくということを、見えるようにした。ましませつこの絵は、意図した以上の出来上がりで、上質のセーターのように温かい。

現場という言葉には、濁音が二つもある。あぶないところだと思う。だが、音もなく何かが産まれてくる歓びのもとでは、濁音も消えてしまうのだと、これを書いていて感じた。


白十字は、東京のJR国立駅近くにある喫茶室のある洋菓子店。

青空の本

つめたく澄みきった冬の日には、知らない間に両手が広がり、みちの上を飛んでいる。青空は本来、わたしの皮ふのすぐ上から広がっているのだった。年のはじめの幾日かの空は、それほど素晴しい。

今年のはじめに読んだ本は、厚いチベット仏教の本だった。チベット仏教は青空の本といっていい。

暗雲と乱気流のなかを飛行機に乗って飛び続けたわたしたちが、見わたすかぎり晴れわたった空のなかに飛び出したようなもの。万物の本質は空《くう》であり、それは「そもそもはじめからの清浄」なのである。

今年のはじめに見た夢は、青空を映しながら、一面銀色に輝く大きな河の水面を、車に乗ったまま楽々と渡って行く夢。夢が軽くなった。きっと軽い羽毛の掛布団にかえたからだ。以前は地上をはって生きる重い綿と羊毛に挟まれて寝ていたのだから。チベット仏教の教えはなかなか定着しない。だから、ユーラシア大陸上空を縦横無尽に飛びまわっていたグースの羽毛に包まれて眠るのは、空の思想を覚えるのにはよい方法だ。今朝、温まった羽毛の船から、つめたい地上へ素足で降りてくるとき、そう思った。

空の時間

青い空の中を
大きな白い雲がゆっくり
ゆっくり動いている
空の時間。
また見ると大きな
白い雲はもういない。
雲はやってきて
過ぎていく　それは

ひとつの窓の中の出来事であり
雲はずっと空を飛んで
いるのだった。
空はやがてみんなの住むところ
ひとびとの精神《スピリッツ》が
生きているところ。

輝きながらわたしの中にある
マグネシウムや鉛や亜鉛や鉄や
コバルトや錫や銅は
この星にのこり
精神《スピリッツ》は空といっしょに
この星を包む。

空は手の上から
胸の上からはじまっている。
ホメロスのイーリアスも
ブッダのスッタニパータも
空のなかにいて生きているのは
ホメロスやブッダが生きていた
輪郭から生まれた空が
今もあたたかく
わたしたちを包んでいるから。

あたらしい大きな白い雲
こんにちは。
そしてさようなら。

ほんとうはさよならはいらない。
ひとびとと永遠が住んでいる
空の時間の中では。

リリック　lyric――あとがき

エッセイの草稿を読んで、「『惑星』はいいなあ」と、健は絵を描いてくれることになりました。ダンスの世界にいた頃書いていた散文詩を、いいな、と言ってくれたのも、彼でした。

知り合うずうっと前に、雑誌で鉛筆画を見たとき、「リリックだね」と友人に言ったのをはっきり憶えています。抒情的という濁音が二つもある日本語訳ではなく、音楽用語でもある、花の名前のような「リリック」です。考えると、いいなと思うひとも存在もみなリリックでした。

尊敬するふたりのダンスの師も、たった八カ月しかアルバイトをしなかったのに、何十年もよくしてもらっている、クラッシック音楽の喫茶店も、敬愛するふたりの詩人も、はるか遠い日に生きていたのに、わたしの中では今も生きていて、何度もくり返し本や楽曲の中に誘いこむひとたちも、そうでした。

リリックとは、落ち着きと心優しさと美意識がひとつになった、ある、ひとや存在の質のことでした。先生たちばかりではなく、仲のいい友人たちもまた、リリックなひとばかりです。

「花嫁は　夜汽車に乗って　嫁いでゆくの」で始まる「花嫁」という歌の「帰れない　何があっても　心に誓うの」は、緑色の山にまるくかこまれた町から、ひとり日本の文化の中心、東京に出てきて、美に関わることをやっていこうと決めたわたしの気持ちでした。そんなわたしを、「リリック」が守ってくれたのでした。詩はわたしの騎士《ナイト》と、ひそかに思っていますが、「リリック」はもうひとりの騎士《ナイト》だったのです。

エッセイの中で一番多い「あんさんぶる」。担当の編集者は、エッセイや詩を次々に依頼してくれました。他にも、まだたくさんあります。このエッセイ集のこと、もしかしたらとどいてくれるかもしれないと、ここに書いておきます。カワイは音楽の会社でした。ここも、わたしの大切な「リリック」だったのです。

片山令子
二〇一七年十二月

著者。2010年、ロージナ茶房（東京・国立）にて

片山令子（かたやまれいこ）　詩人

一九四九年　八月三日、群馬県桐生市生まれ。
一九六九年　武蔵野美術大学短期大学部を卒業。
一九七二年　短篇集『耳の百合』（私家版）
一九七三年　画家・片山健と結婚。一男一女をもうける。
一九八一年　短篇集『わすれる月の輪熊』（村松書館）
一九八四年　詩集『贈りものについて』（書肆山田）
一九八八年　詩集『夏のかんむり』（村松書館）
一九九〇年　絵本『もりのてがみ』（片山健／絵、福音館書店、二〇〇六年に復刊）
一九九一年　絵本『たのしいふゆごもり』（片山健／絵、福音館書店）
一九九四年　詩画集『ブリキの音符』（ささめやゆき／画、白泉社、二〇〇六年にアートンより復刊）

一九九六年　絵本『ゆきのひのアイスクリーム』（柳生まち子／絵、福音館書店、二〇〇八年・二〇一六年に復刊）
二〇〇二年　絵本『のうさぎのおはなしえほん1　いえ』（片山健／絵、ビリケン出版、シリーズで第六巻まで刊行）
二〇〇七年　絵本『チョコレートの妖精』（100%ORANGE／絵、白泉社）
二〇〇九年　詩集『雪とケーキ』（村松書館）
二〇一〇年　絵本『森にめぐるいのち』（姉崎一馬／写真、フェリシモ出版）
二〇一八年　絵本『つめたいあさのおくりもの』（片山健／絵、福音館書店）
このほか、数多くの絵本、物語、翻訳を手がける。一九八四年より二〇一八年まで個人詩誌『深い深い夢はわれわれを見る』『エンジェル』『ひかりのはこ』を定期的に発行する。
二〇一八年　三月二十二日、逝去。

1980年頃、自宅にて
1984年頃、井の頭公園（東京）にて

1984年頃、自宅にて、子どもたちと
1992年、旅先にて、夫・片山健と

底本リスト

I

惑星　「あんさんぶる」一九九七年八月　カワイ音楽教育研究会本部
十力の金剛石　「月刊ＭＯＥ」一九九五年三月　白泉社
水晶　『稲垣足穂の世界　タルホスコープ』コロナブックス編集部編　二〇〇七年三月　平凡社
六つの石の音　『贈りものについて』一九八四年五月　書肆山田

II

リボンのように　「真夜中」二〇〇九年一〇月　リトル・モア
風の灯台　「あんさんぶる」一九九七年八月　カワイ音楽教育研究会本部
花巻には夜行で　「あんさんぶる」一九八六年一〇月　カワイ音楽教育研究会本部
コクテール　「あんさんぶる」一九九九年一一月　カワイ音楽教育研究会本部
イギリスになってしまう　「あんさんぶる」一九九七年八月　カワイ音楽教育研究会本部
花のような服　「あんさんぶる」一九九九年一一月　カワイ音楽教育研究会本部
豆の花　豆の莢　「あんさんぶる」一九八七年六月　カワイ音楽教育研究会本部
何の理由もなく　「あんさんぶる」一九九七年八月　カワイ音楽教育研究会本部

にぎやかな棲み家　「あんさんぶる」二〇〇二年二月　カワイ音楽教育研究会本部
人生のような花束　「あんさんぶる」二〇〇二年二月　カワイ音楽教育研究会本部
訪れ　『夏のかんむり』一九八八年一〇月　村松書館
さあ、残っているのは楽しいことだけ　「絵本通信」一九九七年一月　富山県大島町・財団法人大島町絵本文化振興財団
ぶたぶたくんとなかまたち　「こどものとも０１２　ちゅっちゅ」折り込みふろく「絵本のたのしみ」二〇〇五年四月　福音館書店
子どもと生きる贅沢な時間　「音のゆうびん」カワイ音楽教室　二〇〇〇年八月
お菓子の国のカスタード姫　『こどものとも　わにわにのおふろ』折り込みふろく「絵本のたのしみ」二〇〇〇年六月　福音館書店
お父さんは汽車に似ていた　『こどものとも　おとうさんをまって』折り込みふろく「絵本のたのしみ」一九九一年一二月　福音館書店
手紙のこと　『こどものとも年中向き　もりのてがみ』折り込みふろく「絵本のたのしみ」一九九〇年三月　福音館書店
冬のたのしみ　『こどものとも年中向き　ゆきのひのアイスクリーム』折り込みふろく「絵本のたのしみ」一九九六年一月　福音館書店
小さい種子から　『こどものとも年少版　かぼちゃばたけ』折り込みふろく「本のたのしみ」一九九一年七月　福音館書店

おしえてあげるよ　『ちいさなかがくのとも　つめたいぁさのおくりもの』折り込みふろく「絵本のたのしみ」二〇一八年一月　福音館書店
たんぽぽは希望の花　「こどもの本」二〇一二年六月　日本児童図書出版協会
ささめやさんのパールグレー　『別冊太陽　絵本の作家たち1』二〇〇二年一一月　平凡社
あたらしい『ブリキの音符』　「あとん」二〇〇六年一〇月　アートン
悲しみを残さなかったこと　『この絵本が好き！　2012年版』別冊太陽編集部編　二〇一二年三月　平凡社
柔らかくて深くて明るい　『季刊びーぐる　第一四号』二〇一二年一月　澪標
あれは詩の方法だった　『北村太郎を探して』北冬舎編集部編　二〇〇四年一一月　北冬舎
鞄とコーヒー　「現代詩手帖　二月臨時増刊」一九九三年二月　思潮社
邦先生の形　『凛として花として　舞踊の前衛、邦千谷の世界』邦千谷舞踊研究所編集委員会編　二〇〇八年六月　アトリエサード
子どもと大人のメリーゴーランド　『ぼくらのメリーゴーランド　子どもの本屋の40年によせて』二〇一六年七月　子どもの本専門店メリーゴーランド
歌のなかに　「ひかりのはこ　6」二〇一四年四月

III

いっしょに歌う歌　「音のゆうびん」二〇〇二年二月　カワイ音楽教室

IV

おつきさま　『ちいさなかがくのとも　おつきさまこっちむいて』折り込みふろく「絵本のたのしみ」二〇〇六年三月　福音館書店
マイナー・トーンを大切に　「音のゆうびん」二〇〇〇年五月　カワイ音楽教室
わたしの好きな歌「LET IT BE」　「月刊ＭＯＥ」一九九四年九月　白泉社
九番の曲　「あんさんぶる」一九九九年一一月　カワイ音楽教育研究会本部
ジギー・スターダスト　「あんさんぶる」二〇〇一年九月　カワイ音楽教育研究会本部
風に吹かれて　「あんさんぶる」二〇〇一年五月　カワイ音楽教育研究会本部
バッハ「パルティータ第二番」　「あんさんぶる」二〇〇三年三月　カワイ音楽教育研究会本部
リパッティのワルツの泉　「あんさんぶる」一九八八年三月　カワイ音楽教育研究会本部
夏とラジオ　「あんさんぶる」一九九九年一一月　カワイ音楽教育研究会本部
裸のオルゴール　「あんさんぶる」一九八六年四月　カワイ音楽教育研究会本部
あたらしい雲　『ブリキの音符』二〇〇六年九月　アートン

クーヨンの質問にこたえて　「月刊クーヨン」一九九八年一二月　クレヨンハウス
本は窓に似ている　「ひろばメルヘン」一九九三年九月　メルヘンハウス
きれいな言葉をくりかえし聞く　『この絵本が好き！　２０１０年版』別冊太陽編集部編　二〇一〇年三月　平凡社

本について　「絵本タウン」クレヨンハウスウェブサイト
お父さんの中に透けて見える子供――『せきたんやのくまさん』　『こどものとも　しでんとたまご』折り込みふろく「絵本のたのしみ」一九九一年九月　福音館書店
ほんとうのことを知っているキツネ　「月刊ＭＯＥ」一九九七年一月　白泉社
天使の骨格　「月刊ＭＯＥ」二〇〇二年六月　白泉社
萩尾望都「ポーの一族」をめぐって　「あんさんぶる」二〇〇二年四月　カワイ音楽教育研究会本部
ひかりのはこ　「ひかりのはこ　６」二〇一四年四月

V

あたらしいノートへ　手稿を底本とした
記憶の種子をついばみながら――なつかしい丘をのぼる　「山と溪谷」一九八五年二月　山と溪谷社
子供からの夢のほうこく　「あんさんぶる」一九八六年一月　カワイ音楽教育研究会本部
野菜といっしょに　「あんさんぶる」二〇〇二年二月　カワイ音楽教育研究会本部
広い世の中へ出かけて行く　「あんさんぶる」二〇〇〇年五月　カワイ音楽教育研究会本部
太陽のように自分でひかる　「音のゆうびん」二〇〇一年一一月　カワイ音楽教室
リーフレットにそえて　手稿を底本とした

（無題）　手稿を底本とした
絵本のそばで　「ユリイカ臨時増刊号　絵本の世界」二〇〇二年二月　青土社
青空の本　「あんさんぶる」二〇〇二年二月　カワイ音楽教育研究会本部
空の時間　「ひかりのはこ　9」二〇一八年一月

発行元は発表当時の表記としました。
作品は一部加筆修正しました。

著者、片山令子氏は、本書を制作するなかば体調を崩されながらも、編集に細やかな心を傾けてくださいました。誠に残念でしたが、完成を待たず昨年三月に亡くなられました。謹んで哀悼の意を表します。

片山健氏、ご家族のご協力をいただいて、本書を上梓することができました。心より感謝申し上げます。

港の人　編集部

惑《わく》星《せい》

二〇一九年一一月一日　初版第一刷発行

著　者　片山令子
装　丁　片山中蔵
発行者　上野勇治
発　行　港の人
神奈川県鎌倉市由比ガ浜三―一一―四九
郵便番号二四八―〇〇一四
電話　〇四六七―六〇―一三七四
ＦＡＸ　〇四六七―六〇―一三七五
印刷製本　シナノ印刷

ISBN978-4-89629-369-2